長編小説

密通捜査

警視庁警備九課一係　秋川涼子

沢里裕二

竹書房文庫

目次

＜主な登場人物＞

秋川涼子（あきかわりようこ）……警備九課所属。女性要人専門の警備警察官（通称LSP）

東山美菜（ひがしやまみな）……警備九課所属。涼子の相棒

明田真子（あけたまこ）………警備九課課長。涼子の上司。キャリア

岡田潤平（おかだじゆんぺい）……警備一課所属。特殊警護警察官（通称SSP）主任

水野健太郎（みずのけんたろう）……爆発物処理班主任

真木洋子（まきひろこ）………性活安全課課長。キャリアで真子とはライバル関係

中渕裕子（なかぶちゆうこ）………東京都知事。新党・都新の会を立ち上げる

綾瀬静香（あやせしずか）………保育士。都新の会から都議選に立候補予定

大泉進次郎（おおいずみしんじろう）……与党・民自党議員。裕子の政界における盟友

藤堂正樹（とうどうまさき）………藤堂第一不動産会長

花村辰雄（はなむらたつお）………関東闘魂会総長

本田誠二郎（ほんだせいじろう）……関東闘魂会若頭

小林沙織（こばやしさおり）……六本木のクラブ・オーナー

※本作品は竹書房文庫のために書き下ろされたものです。
※本作品はフィクションです。
作品内の人名、地名、団体名等は実在のものとは一切関係ありません。

プロローグ

よりによってあの場面を撮影されていたとは迂闊であった。

藤堂正樹は自らの裸体が流れる画像を前にして、うなだれた。

今夜は自分の古稀を祝う会であった。

新宿の老舗ホテルの宴会場に、多くの政財界人を招き、盛大なパーティを開催していたのだが、最後の最後に悪夢に襲われた。

人生とはそんなものかもしれない。

宴が終わり、出口の前に妻と並び、退場していく来場者ひとりずつに、礼を述べ、握手を交わしていたときだった。

最後尾に近づいた頃、角刈り頭でプロレスラーのような巨漢の男が、ぬっと顔と右手を差し出してきたのだ。

関東闘魂会本家の若頭本田誠二郎である。

背筋が凍った。本田は握手をしながら耳元で囁いてきた。

「三十分後に、わしらの部屋まで御足労願います」

妻には聞こえない程度の声で言ってくれたのが、まだ救いだった。右手に小さなメモを握らされた。こっそり覗くと部屋番号が記されていた。

会が終わり藤堂は宿泊しているスイートルームに戻るなり、妻に別件の客があると伝え、タキシードを着たまま、急いで彼らの部屋に向かった。

妻は眉根を吊り上げ「こんなときにも、あの女を呼んでいるのですか」と嫌味を言ったが、訂正している暇などなかった。

それが今いるこの部屋だった。レギュラーツインの部屋だった。本田の他に五人ほどの極道が詰めている。

「困るじゃないか本田君。こういう場所に、あんたらは出てこない約束だ」

咥え煙草の本田が、煙を吐きながら、切り返してきた。

「せっかくの古稀の祝いなんですから。うちの総長にも招待状欲しかったですね……」

本田が煙草を床に捨てた。靴底でもみ消している。この男は四十半ばで、かつては総合格闘家だった。

幹部級の極道にしては、珍しく贅肉がついていない。現在もトレーニングを欠かしていない証拠だ。殴られたら、七十歳の自分など即死してしまうだろう。藤堂は身震いした。

「本田君。公式の場には一切顔を出さないというのが、総長と俺との間に決めたルールじゃないか。おまえさん、いったい何を考えているんだ」

藤堂は本田の非礼をなじったが、声は震えていた。

「会長さんよ。それは、お互いの連絡が密な場合のときの話でしょう。こっちが再三、連絡しているのに、なしの礫じゃ、あっしらも本気を出すしかねぇです」

本田の双眸からは暗い海のような冷たい光が放たれている。

「築地の件は、こっちとしても予定外だったんだ。それは、きみらにもわかるだろう。あの女都知事に変わったとたんに、土壌を調べ直すなんて誰も想像していなかった……いま議会と都庁職員が必死で調整している。あと半年ぐらいはかかるが、それまで、待ってもらうしかない」

藤堂は必死に訴えた。難儀しているのは自分とて同じなのだ。

「御託はそれだけか。俺たちの調整というのは、こういうことを言う」

本田がテレビのリモコンを取った。いきなりテレビが光り、モノトーンの映像が現れた。

「おいっ」

藤堂は息を呑んだ。

一見して盗撮とわかる映像が流れだしたのだ。

窓際に真っ裸の自分が立っていた。老醜極まりない裸体だった。藤堂のそのでっぷりとした腹の前に女が跪いて、陰茎をしゃぶっている。いまも愛人にしている女だ。体型と同じくずんぐりとした陰茎に女は舌を絡め、睾丸を揉みしだいていた。

三年前に泊まった神戸のホテルの一室に違いなかった。

「これは……」

藤堂は息を詰めた。

「この先の場面はさらに凄い。藤堂会長、あんたは老人の星になれる。なんてったって若手のAV男優以上の活躍ぶりだからな」

本田は液晶画面に指を触れ、陰茎とそれを舐めている女の舌の辺りを撫でた。

「まったくなんてことをする……隠し撮りなんかしやがって」

「会長さんも甘いなぁ。堅気と俺たちの間に、そもそも信頼関係っていうものはないんだ」

本田が片眉を吊り上げて笑う。藤堂は懸命にとりなした。

「ビッグビジネスを手掛けている間柄じゃないか」

「もう待てないんですよ。築地周辺の土地購入資金、俺らが、銀行から借りているとでも思っているんですか」

極道が正規の金融機関から資金調達が出来る道理がなかった。

「それは……」

藤堂はテレビから視線を逸らした。

「俺らには俺らの貸し借りがある。金融屋から集めた金がもうパンク寸前でね。とりあえずシメシを付けるには、あんたのこの映像を街頭ビジョンで流さないわけにはいかないんですよ」

なぜヤクザはこれほど頭が悪いのだろうと、藤堂は胸底でため息をついた。

「そんなことをして何の得がある？　ビジネスの駆け引きにはタイミングある。強引に動きすぎて、あの女都知事にすべてぶち壊しにされたらどうするんだ」

もう一息だと藤堂は考えていた。

豊洲の土壌に含まれたベンゼンの数値さえ、もう少し収まれば、都庁も都議会も一気に豊洲移転に走ってくれる。

汚染検査会社に手を打っているところだ。

そうなれば、すぐに築地解体工事に入ることになっている。

国立競技場のときのように、解体さえしてしまえば、既成事実化できるのだ。

ところが、本田は首を振った。

「損得は商売人が言うセリフです。そもそも俺たち極道に、損得の損という字はないんですよ。それより、やると言った時期にやらねぇってことのほうが、事件なわけです。あんた日本中の極道を敵に回すことになりますよ」

ヤクザの論理だった。

この男たちは、すでに周辺の地権者にも金を渡して立ち退きを迫っている。金が続かなくなってきている事情は、藤堂にも理解できた。

それでもいまはいかにもタイミングが悪すぎた。

「あと二回ほどの調査で、済むはずだ。築地の連中も喚きだしている。必ずしも都知事にとって都合のいい風が吹き続けるとは限らない」

藤堂は何とか説得したかった。

「いまの都知事がごちゃごちゃ言うなら、破滅させてしまえばいい」

本田は耳を貸すどころか。それ以上のことを言い出した。

「あの女、あんたや民自党がもたもたしている間に、新党まで興したじゃないですか。万が一、安定多数でも取られたら、それこそ、十年かけた裏工作はすべて台無しになる。現状をわかっていねぇのは、藤堂さん、あんたのほうだ」

藤堂は押し黙るしかなかった。本田の言うとおりだった。

豊洲市場移転の件がご破算になって、築地がそのままということになったら、バブル崩壊直後からコツコツと積み上げてきた自分たちの事業計画が、すべて水泡に帰すことになる。

藤堂は窓外に目をやった。

都庁の灯(あか)りが見えた。あの裏にある都議会議事堂の中を、いままでどおり自由に動かしていかなければ、本当にどうにもならなくなるかもしれない。

本田が空気を入れてきた。大胆な提案だった。

「総長からの伝言です。いまの都知事を辞任に追い込み、会長さんが次の知事選に立てばいいということです。そうすりゃ、会長の残りの人生も安泰だ。この映像も永久に陽の目を見ることはねぇってことです」

その提案に対して藤堂が沈黙していると、本田はいきなりローテーブルを蹴り上げた。

テーブルの上にあった飲みかけの缶ビールが数缶宙に舞い上がる。泡があちこちに飛び散った。

「わかってんのかっ、こらぁ。ヤクザ、舐めるんじゃんねぇぞ。藤堂、おまえのもっている政治力を全部動かせ」

ヤクザの本性を露(あら)わにした。

「わかった。二か月で、やるだけのことはやる」

「努力目標じゃダメだ。俺はガキの使いじゃねぇんだ」

本田が凄んだ。人を殺すことを何とも思っていない人間の目になっている。

「藤堂、おまえはこの二十年間、俺たちの『軍事力』を背景に、さまざまな人間を籠絡してきたんじゃないか。そいつらを全部使え。そうすればこの喧嘩、勝てる」

本田の論理はプリミティブである。この際、初心に戻ってやるしかないと、藤堂も腹を括った。

「あぁ、わかった。そうさせてもらうよ」

「最初からそう言ってくれたらよかったんだ。俺たちがいま堅気に手を出すのはリスクがありすぎるから、こう言ってるんだ。その代り、あんたの身は、絶対に闘魂会が守る。頼むぜ、未来の都知事さんよ」

本田に肩を叩かれた。

流され続けていた映像がベッドシーンになっていた。

男の陰茎が女の割れ目に潜りこむクローズアップだった。男の尻がアップになっており、その真下で、怒張した肉茎が、女の秘孔にぬぷぬぷと音を立てて、割り込んでいった。

最悪なことに、この瞬間に女は「あぁ、藤堂さん」と叫んでいた。

自分の部屋に戻るなり、藤堂はすぐに何本かの電話をかけた。これまでに金を摑ませ、女を抱かせ、最後に闘魂会に脅させるという図式で、隷属化させてきた堅気たちだった。

「反対派抹殺の仕事に取り掛かれ。そうしないと、あんたらも破滅する。いいな、的（マト）にかけるのは……」

何人かの名前を告げた。

もはや法を犯すことを躊躇（ちゅうちょ）している場合ではない。

一刻も早く築地の土地を真っ平らにしなければ、自分の繁栄もここで終わる。

第一章　豊洲疑惑

1

午前六時。

政権与党である民自党衆議院議員、大泉進次郎（おおいずみしんじろう）は明治通りを神宮前六丁目から渋谷方面に向かって歩いていた。

幸い通りにはほとんど人がいなかった。

午前九時を過ぎればサラリーマンたちが押し寄せるこの通りだが、さすがに早朝は閑散としていた。

それでも大泉は下を向いて歩いた。

クラブホステスのマンションに出入りしているのが露見したら、手痛い失点となる。派閥の領袖（りょうしゅう）から、選挙への臨戦態勢に入るようにと通達が出た直後であった。自重せねばならないのは重々承知している。

そういう時期にもかかわらず、昨夜、大泉は六本木のクラブ「バンブー」のホステス、玲奈のマンションに泊まってしまったのだ。

関係は二年になる。

最初に寝たのは、大泉が二度目の当選を果たした直後だ。

大泉は昨夜、この関係を清算しようと店に出向いていた。

三度目の選挙を前に、党による周辺調査が始まったのだ。

通称「身体検査」。

候補者の素行を洗い直し、危なっかしい議員は、たとえ現役であっても、差し替えを検討する、という幹事長命令である。

選挙区選出議員で差し替えがあるというのだから、大泉のような比例単独議員の首を刎ねるのは、簡単だった。

名簿順位を下げるだけで事足りる。

大泉としては、上げ足を取られる要素は消しておきたかった。

同じ境遇のライバルたちが、大泉の女性関係を洗っているとの情報もあった。

店に入るなり、大泉が別れを切り出すと、玲奈は呆気ないほどあっさり受け入れてくれたのだ。

著名人が多く訪れる「バンブー」では、ホステスたちにそう教育しているらしい。さすが六本木の名店である。

『先生、私、ごねる気なんて、さらさらありませんよ。先生は、これからが大事な時期です。どうぞ、私のことなど気にせず、政務に励んでください。二年間、可愛がっていただき、ありがとうございました』

そう言って、日頃と変わらない微笑を浮かべ、ブランデーを注いでくれた。見事である。

引き際の鮮やかな女に、男は弱い。大泉の方が尾を引いた。

図々しくも最後の一発を申し込んでしまったのだ。

まったくもって俺は最低だ。アメリカの大統領ぐらい、最低だ。

これも玲奈は受け入れてくれた。最高の女だ。

玲奈のマンションで、出会ってから二年の間に、あれやこれやと試してきた様々な体位をすべて再現してみた。

汗みどろになりながらやった。結局一睡もしなかった。

そんなわけで、腰が痛く、足が重い。渋谷までが長く感じられる。それでも急がなければならない理由があった。

今朝は大泉の所属する吉田(よしだ)派の緊急招集がかかっていた。

朝食会だ。通達は五日前だった。総選挙が近いということだ。

派閥の領袖である吉田源太郎から招集と同時に所属議員全員に厳命が下っていた。
一、醜聞になることを慎むこと。
二、マスコミの前で、軽率な発言をしないこと。
三、来週から、選挙区に張り付くこと。
比例単独候補である大泉には、「三」とは異なる通達があった。

『大泉君はカジノ施設誘致に関して中渕都知事と連携を深めるように』

という御下命である。

大泉は納得した。そして自分は今回も運があると確信した。

渋谷駅に向かって歩速を早めながら、戦略を練った。

自分が東京都知事の中渕裕子と昵懇になっていたことが、いまは幸いしている。

狙ってそうなったわけではない。

大泉は中渕裕子とカジノ解禁法案推進議員連盟で出会っていた。

彼女がまだ大泉と同じ、一介の衆議院議員だった頃のことだ。

もっとも大泉と中渕では、議員としての背景がまったく違う。

中渕裕子は、元大蔵大臣の娘である。急逝した父親の地盤を引き継ぎ、弱冠二十七歳で政界に進出したサラブレッドである。

大泉は民自党の一般公募に合格して政治家になった、いわば陣笠議員である。

四年前のことだ。

当時四十二歳だった大泉は総合商社のサラリーマンであった。

専門は精密機器の輸出であったが、長引く不況で、先の展望が見いだせずに悶々とした日々を送っていた。

そんなとき、当時野党だった民自党が「国会議員候補」を募集したのだ。めったにないチャンスだと思った。

ダメもとで応募した。

総合商社勤務の肩書もあって合格を果たし、比例名簿の下位に名を連ねた。

過去の民自党の得票率では当選は難しい位置であったが、この年、歴史的な風が吹いた。

その頃、与党であった共進党の「決められない政治」に国民は辟易していたのだと思う。

民自党の政権与党復帰への待望論が沸き上がっていた時期とうまく重なったわけだ。

大泉はまさかの当選を果たした。

当選後、吉田派に加入した大泉は、幹部の勧めもあってカジノ解禁法案推進議員連盟に参加することになった。

商社出身の大泉の海外企業相手の交渉スキルが買われたようだ。腕の見せ所であった。

大泉は商社マンとしての経験から、日本国内でカジノを主体とする総合リゾート施設を開設するには、コンソーシアム（共同事業体）を組成させることが何よりも優先事項であると考えた。

同時に持ち前の行動力で銀行、土地開発業者、自治体、ホテル業者、エンタテインメント産業、セキュリティ会社など、カジノを中心とするリゾート施設に必要な企業を回って歩き、各企業を説得した。

『一致団結して手を組まねば、シンガポールやフィリピンのような成功はありえません』

さらに大泉は、議員連盟に対し、海外のカジノ経営者のノウハウと投資を呼び込むことを進言した。

これには抵抗が強かった。

国内企業の利益代表である議員たちは、「オールジャパンカジノ」を提唱していたのだ。

議員だけではなく国内のデベロッパーやパチンコ業界からも大反発が起きた。

このとき大泉の主張に賛同してくれたのが中渕裕子だったのだ。

同じ歳ということもあって、意気投合した。

中渕裕子のカジノに対する見識は高く、国際センスも抜群だった。

『日本企業だけで運営するのはまだ無理よね。総合レジャー施設としてのトータルオペレーターには、なにより経験が必要だわ。それにコンプライアンスへの高い意識も……私はラスベガスかマカオの実績あるカジノ経営者に任せるべきだと思う』

彼女の言うとおりであった。

アメリカのビジネス事情に詳しい大泉の見地からすれば、ラスベガスのカジノの歴史は、マフィアとの闘いでもあったのだ。

ラスベガスもマカオも、マフィアの排除に成功したからこそ、今日の健全な発展があると言っていい。

『成功モデルはシンガポールのマリーナベイサンズとセントーサでしょう』

大泉もそう答えた。

ラスベガスのプロフェッショナルの手によって完成されたＩＲ（統合型リゾート）である。

『ソレアリゾートを中心とするフィリピンの総合レジャー施設群の行く末も視野に入れておいた方がいいわよね』

中渕はよく研究していた。

以後、大泉は中渕と共に綿密な戦略を練り、何度も法案に修正を加えてきた。ひたすら政策に専念できたのは、選挙区対策の要らない比例単独議員だったからとも言える。

また中渕裕子の方は選挙区対策の必要がほとんどないレベルの議員であった。

お互い、カジノに夢中になった。

東京オリンピック後の日本の成長戦略は、カジノ解禁がもっとも有効であると、確信を深めた。

総理の覚えもめでたく、将来を買われた裕子は、四十代の若さで商務大臣に抜擢され、そこでますますカジノの重要性に気づいたようだった。

ところが、である。

昨年七月、現職の東京都知事が公私混同問題で、突如辞任に追い込まれるという事態が起こった。

民自党は急遽中渕裕子を立てた。これには総理と幹事長のある戦略が含まれていたのだ。

裕子は見事に選挙に勝った。

そしてその年の暮れ、総合レジャー施設推進法案、別名「カジノ法案」が両院を通過し、日本でのカジノ開設は一気に具体的なものとなった。

同時に誘致合戦の火蓋が切って落とされたのだ。

裕子の一代前の都知事がカジノ誘致に関して消極的だったため、誘致に関しては横浜と大阪が先行していた。

ただし、昨年の段階では、まだ法案成立は夢物語に見えたのは事実だ。

中渕裕子は東京誘致に向けて、猛然と走り出している。

大泉は比例東京ブロックの衆議院議員として、中渕裕子のプランを全面的に支援している。ただし彼女の口から、まだ一度も東京都内における具体的な招致先は聞いていなかった。

裕子は同じ歳ながら、すでに熟練した政治家である。発言のタイミングを先のばしして、政府の考えや、族議員の動きを観察しているのだ。

派閥の領袖から、台場という案が出たのは、おそらく総理と都知事の間で、核心的利益が見えたからだろう。

なら、自分は走るしかない。

――台場だ。

自分もその方向で議連内の意見を引っ張ることにしよう。

ひとつ、やり方はある。

早期にラスベガスのカジノ王たちを日本に招いて、台場周辺を視察させる。そして彼らに「台場がベスト」と発言させるのだ。

渋谷駅に向かう歩を速めた。

この辺は現在、道路の拡張工事に伴うビルの解体、再建設が進んでいる。歩いている脇に工事中のビルがあった。この時間はまだ人気はない。

大泉は下だけを向いて歩いていた。

頭上の空気に変化を感じた次の瞬間、肩にステンレスのポールが当たった。

「うっ」

スキーで使うポールぐらいのサイズだが、落下速度が相当加わったようで、とてつもない痛みを感じた。しかしそれはまだ幸いだった。先にステンレスポールが当たったので、大泉は頭上を見上げた。

空から鉄骨が一本降ってきていた。長さ一メートル、厚さ二十センチほどの鉄の柱が地上十階ほどの高さから、猛スピードで降ってきていた。

「うっ」

大泉は咄嗟に車道側に逃げた。

肩に受けた打撲で、バランスを失い、転倒した。車の往来も少ない時間だった。

歩道に派手な音を立てて、鉄骨の柱が落下する様子を目の当たりにした。

当たっていたら、即死するところであった。

大泉の周囲にはほかに人がいなかった。これが日中ならば大惨事に見舞われていたところだ。

救急車が急停車し、救急隊員二名が降りてきた。偶然、通りかかったらしい。

ストレッチャーを押してきている。この辺りを管轄する消防署の救急車ではなかった。

「大丈夫だ。搬送の必要はない」

大泉は歯を食いしばって立ち上がった。

「いや、診(み)てもらった方がいいですよ。私たちはたまたま通りかかったのですが、救急隊員として見逃せないです。どうぞ、乗ってください」

男のひとりが言った。細身で神経質そうな顔をした男だった。

「かまわん。私は国会議員だ。先を急ぐ。それよりもこのことを、早く警察に報(しら)せてくれ」

大泉は救急隊員に告げた。救急隊員は顔を顰(しか)めた。

後方から、ジョギングしてきていた中年の男がスマホに叫んでいた。

「事故です。はい、明治通りの歩道の上です」

救急隊員たちは足早に引き上げていった。大泉は駅へと急いだ。パトカーが到着して、目撃者として足止めされるのは厄介だった。

鉄のポールに打たれた肩と、転倒した際に捻(ひね)った足首が痛むが、派閥の朝食会に遅刻するわけにはいかない。何といっても、いまは派閥領袖である吉田の信頼を得なければならないときなのだ。

2

午後五時
保育士の綾瀬静香(あやせしずか)は中央区の築地市場の周辺を回り終え、明石町の自宅マンションへと向かって歩いていた。

黄昏(たそがれ)どきの風が夏の匂いを帯びだして、気持ちがいい。

静香はこの季節の匂いがとても好きだった。

そして自分が生まれ育った明石町(あかしちょう)界隈というのは、東京の中でも独特な雰囲気を持った町だと思う。

銀座の華(はな)やかさと江戸情緒が混合された町。それがこの界隈の匂いだった。

すぐ近くで実家はコンビニを営んでいる。

もともとは町の食料品店だったが、静香が生まれてすぐに、父が将来を見越して大手コンビニチェーンのフランチャイジーとして生きる道に舵を切ったのだ。現状を見るにそれはたぶん正解だったと思う。

自分は五年前に短大を卒業し、保育士になる道を選んでいた。今年で二十六歳になる。

昨年から実家のすぐ近くにある独身者向けの１ＬＤＫのマンションを借りていた。多少なりとも、親から独立した生活をしたいと考えたからだ。

静香は歩きながら頭の中を整理していた。

移転により築地市場の土地が空いたのち、その一角に百名程度の幼児を収容可能な保育所を建てられたらと思う。そしたら界隈の働くママたちの大きな手助けになれる。

これは直接票に結び付く訴求点だと思う。

雇用の促進にもなる。そのためには、保育士を養成する専門学校を築地市場跡地に誘致するというのはどうか。

静香は、次々と沸き立つ高揚感を抑えながら、できるだけ簡潔に説明する言葉を探しながら歩いた。

来週、都議選候補者としての最初の講演があるのだ。

講演と言っても、地元中央区の飲食店の店主が中心の小さな会合だ。それでも静香にとっては、政治家としてデビューする大切な場であるので、際立った評価を得たい。

静香は昨年暮れに立ち上がった中渕裕子都知事率いる地域政党「都新の会」の政治塾に応募し、合格したのだ。

三か月にわたる講習に耐え抜き、都議候補者としての資格を得ることが出来た。

突然政治家を目指そうと思ったわけではない。

この五年間、保育士として働いて、人材の供給の少なさを嘆かずにはいられなかった。築地市場界隈にも、幼児を抱える母親たちが大勢いたが、子供を預けられる施設がほとんどないのだ。

例えば場外に無数にある個人商店では、若い嫁に子供が出来たと同時に労働力を失うことになる。もしも自分たちの保育所がもっと受け入れが可能だったら、彼女たちは安心して子育てと両立しながら店を切り盛りすることが出来るのだ。

ここ数年、晴海や勝鬨橋近辺には巨大ビルが出現し、多くの企業がやって来た。夕暮れどきに見る光景は、スマホを片手に駅へと走る子育てキャリアウーマンの大群である。

もしも私たちが、彼女たちの子供を夜まで引き受けることが出来たら、彼女たちは、もっとこの国の経済に貢献できるのではないか。

そんな忸怩たる思いを胸に仕事をしていたとき、あの中渕裕子という四十二歳のスーパーレディが都知事の座に就いたのだ。

東京が変わるかもしれない。そう思うようになった。

静香はたまたま用事で出かけた渋谷駅前で、選挙カーの上でピンクのハンカチを振る中渕裕子の姿を見たときから、シンパシーを感じていたのだ。

政治塾の立ち上げを聞いて、一も二もなく応募したのは、自分のような者の声でも、この「都新の会」なら聞いてくれるのではないかと思ったからだ。

静香はめでたく第一期生に選出された。

このチャンスを生かしたい。人生で初めて、大きな目標を得た気がした。

自分の部屋にたどり着いた。

ひと風呂浴びてから、徒歩三分の場所にある実家で夕食を共にすることになっている。週の内、三日は実家で食べる。裏を返せばこれが出来るから、保育士の薄給でも、自分用のマンションを借りることが出来たわけだ。

保育所での仕事を早退し、それから二時間かけて、築地市場の周囲を下見していたので、足は棒のように硬くなり、全身が埃っぽかった。

茶色の地味なセーターとベージュのロングスカートを脱いで、バスルームに入った。ざっとシャワーを浴びて、バスタブに身を投じた。

四十一度にセットしたお湯に浸かる。身体が一気に弛緩した。

――この瞬間って、最高に幸せ。

おそらく人類の誰もがそう思うことだろう。

狭いがお気に入りのバスタブの中で、静香は腕を伸ばし、肩を回した。湯に浸かりながらも、政策プレゼンテーションの練習を余念なく行う。

『商店主に的を絞った形で、保育所のありかたを説明するように』

中渕都知事から直々にそう教えられていた。

『自分の理想を語る前に、目の前の人が、どうしたら助かるかを考えて。得意分野では専門用語を使い過ぎてしまいがちだから、その辺もわかりやすくね』

そう何度もたたき込まれている。

静香は湯の中に伸ばした自分の身体を眺めながら、頭の中で反芻した。

場所柄、すし店が多いが、できれば居酒屋やスナックのママを味方につけたい。夜に安心して働けるような夜間託児所や、保育所の充実を公約しよう。

考えながら、なにげに見つめているのだが、不思議なことに、その視線は、必ず、湯の中でモヤモヤと動く陰毛に注がれてしまう。

海藻みたい。ちょっと触る。

淫らな気持ちになったわけではない。湯の中で伸ばした身体を眺めれば、どうしても陰毛の揺らぎに目がいくのは自分だけだろうか。

そこがちょうど身体の真ん中あたりで、しかもそこだけが黒々としているので、目がいってしまうのだ。

ここ一年、この辺りは誰にも見せていないし、ましてやその下の肝心な部分は触られても、入れられてもいない。

付き合っていた佐藤誠と別れて、一年になる。

高校の同級生で、聖路加タワーの近所にある老舗洋菓子店の息子だ。いまは、家業に精を出している。

彼と別れてから以来、セックスとはご無沙汰だ。

自慰は時々する。生身の女だから、それはしょうがない。今日は忙しかったし、いろいろ動き回ったので、少しもやもやした気分になっていた。

ちょっとだけ……。

静香はほんの少しだけ割れ目に人差し指を挿し込んだ。

「あんっ」

こんなことをしている場合ではないと思いながらも、一度挿し込んだ指は容易に外せなくなった。中渕都知事から内緒で教わった政治家の心得がある。

「モヤモヤしたときは、すぐにオナニーしなさい。政策立案で行き詰まったときとか、どうしても男が欲しくなったときとかも、オナニー。とにかく政治家はオナニー。政界には女同士を求める議員もたくさんいる。男でも女でも誘惑されそうになったら、一回トイレに逃げてオナニー。そうすれば冷静になれる。わかった。これ都新の会の秘密よ」

この教えはリアルで正しいと思う。知事もそうしていると聞くと、オナニーが市民権を得た思いだ。

一回極点を迎えたほうが、スッキリしそうだった。静香は猛然と肉芽を擦った。

「あぁあぁ」

湯温が異常に熱く感じるのは、自慰をしているせいだと思っていた。

「はぅ」

秘孔の中をこねくり回しながら、静香は湯温を示す液晶パネルを見た。四十一度のままだ。

それにしても熱い。のぼせてきた。肉層の中を掻き回していた指にも力が入らなくなった。

おかしい。おかしすぎる。意識が朦朧となってきた。

そのとき、玄関のドアチャイムがけたたましく鳴った。連続して何度も鳴る。

静香はふらふらになりながらバスタブからはい出し、ようやくの思いで、身体にバスタオルを巻きつけ、壁伝いにリビングまで歩いた。その間も執拗にチャイムが鳴り続けていた。

「綾瀬さん。ガス湯沸かし器が火を噴いています」

テレビ付きインターホンをあげ、モニターを見ると、消防士の恰好をした男が立っていた。すぐ脇の壁から火花が飛ぶ様子が見える。

静香は唖然となった。

「すみません。いま、お風呂に入っていて、ちょっと待ってください」

「待てません。爆発してからでは遅いです。早くドアを開けてください」

静香は双乳の谷間の辺りで結ばれたバスタオルの結びを確認した。きちんと結ばれている。裾も乱れていなく、腰部はきちんと覆われていた。

「早くっ、わっ」

消防士が叫んで、ドアを叩きだした。

静香はそれでも、早く歩けるほどの体力が残っていなかった。身体が茹で上がっていたのだ。これはインフルエンザを患って、三十九度近い熱を出したときの朦朧さに似ている。

「はい……」

静香は何とか玄関にたどり着き扉を開けた。その瞬間に腕を引っ張られた。ぐいっと外に引っ張り出される。ふらついた。

男が拳を突き出し、腹部に打ち込んできた。

「うっ」

何がどうしたのかわからない。のぼせ上った身体に激痛を与えられ、大声をあげそうになった。男に手のひらで鼻と口を塞がれた。声は殺され、鼻腔から強烈な異臭が入ってきた。意識が遠のいた。瞼を閉じる際にかすかに見えたのは、壁に取り付けられたガス湯沸かし器の外部装置の蓋が開けられ、そこから花火が噴出している場面だった。

――この男、消防士なんかじゃない……。

3

午後七時。

「いや、あのとき見た、秋川刑事のパンツの色は絶対に忘れない。ピンク色だったな。中渕都知事のイメージカラーだったから、はっきり覚えている。そもそもさ、処理対象の女刑事のズボンの尻が破れているとは思わないものな……本当にあのときは、びっくりした」

目の前の男がビールジョッキ片手に大声で言った。爆発物処理班の水野健太郎だ。

「お願いですから、それ忘れてください」

警視庁警備九課一係の秋川涼子は顔を真っ赤に染めて、何度も頭を下げた。

今年で三十歳。

パンツを見られたぐらいで、どうしたこうしたという歳でもないが、色を記憶されているのが恥ずかしい。刑事だってピンクのパンツを穿くのだ。黒と白ばかりじゃないっ。

ここは築地の居酒屋「大奉行」の個室。

涼子は二歳下の同僚の東山美菜と一緒に爆処理班の男三人と飲んでいた。

この居酒屋は警視庁OBがやっている店で、警察関係者が何かとよく集まる店だ。一般市民の前で、酔った醜態を見せられない警察官にとって、OBの経営する店は気が楽である。店主が周囲に目を光らせているうえに、この店の個室は完全防音となっているのだ。

爆発物処理班は同じ警備部の特別機動隊に属している。

この男たちは常に生命の危険と隣り合わせの業務に従事しているというのに、やたらと陽気だった。おそらくそうした性格でなければ務まらない仕事なのだろう。

めったに庁内の合コンには参加しない涼子だったが、同僚の東山美菜に誘われるまま、今夜の飲み会に参加したのにはわけがあった。

涼子が爆処理の水野に世話になったのは、去年の七月二十五日のことだ。はっきり覚えている。

その日は現知事である中渕裕子が、知事選のために渋谷で街頭演説を行った日であった。中渕裕子は商務大臣の椅子を投げうっての出馬だった。

当時から彼女の警備担当だった涼子は、その日、選挙カーを見上げる聴衆たちの中に混じって警備の目を光らせていた。

選挙カーの前に怪しい一団がいたのだ。涼子はその一団ばかりに気を取られていた。ところが彼らとは別の集団が涼子を狙っていた。

その別な集団が涼子の背後に近づき、スーツパンツの臀部をナイフで切り裂いたのだ。八方に目を配らなくてはならない立場にあるのに、迂闊であった。

犯人の切り方は巧妙だった。臀部の割れ目に沿って、縦に三十センチほどを鮮やかに裂いていた。切られたのはスーツパンツだけではない。下着のパンティもすっぱり切られていた。

背後で男の声がした。

「割れ目が丸見えだ」

実際、女の粘膜に風がスースーと当たるのがわかった。男の声がさらに続いた。

「慌てて屈まないほうがいいぞ。屈んだら、尻の穴だけじゃなく、アソコの割れ目まで、パックリ飛び出すぞ。そのまま直立不動でいることだ。足を一歩動かすごとに、尻が溢れ出てくることになる。それ以上、破れ目が広がる前に、助けを呼ぶんだな。せいぜいタオルでも巻いてから動くことだな」

男は涼子をあざ笑うように「俺たちが去る三分間は動くな」と言って、静かに後退していった。

本来ならば、振り向いて、犯人にタックルするか、回し蹴りをしなければならない立場だ。自分は女性重要人物担当の警護警察官——通称LSP（レディース・セキュリティ・ポリス）なのだから、そうしなければならない義務がある。

ところがこのとき涼子は、任務よりも女の羞恥心を優先させてしまった。

衆目（しゅうもく）の中で、女の肝心な部分を晒すことだけは、どうしてもできなかった。

得意の回し蹴りなどしたら、ナマ粘膜大露出大会になってしまうではないか。

忸怩たる思いであったが、涼子は三分間じっとしていた。尻に手を当てたまま、唇を嚙みしめ、時間の経過に身を委（ゆだ）ねたのだ。きっかり三分後に選挙カーの上で警護に当たっている同僚の美菜にメールを打った。

【動けない。誰か人を寄越して】

そう打ったのだ。選挙カーの演説台からすぐに視線を送ってきた美菜に、涼子は顔の前に、人差し指を一本立てた。【危険状態。動けない】のサインだ。

これを美菜が勘違いした。いや今にして思えば、勘違いではなく、美菜のほうが、

ＬＳＰとして正しい判断をしたのだと思う。同乗していたＳＳＰの岡田潤平と共に、本部に応援を要請した。ここまではいい。

約十分後に、この水野健太郎に犯人と同じように背中から声をかけられたときには驚いた。

「秋川刑事。爆発物処理班、ただいま到着しました。そのまま振り向かずに、われわれに身を預けてくれ。我々は平服を着ているように見えるが、防爆繊維のスーツを着用している」

涼子は卒倒しそうになった。

そのまま立ちつくす涼子の目の前に回ってきたのが、四十代ぐらいで四角い顔した爆処理主任、水野健太郎だったのだ——。

「大勘違いだったよなぁ」

「いや、もう、穴があったら入りたいですよ」

涼子はあのとき以来、一度は爆処理班とお詫びを兼ねた飲み会をしなければならないと思っていたのだ。

「私ぃ、一度聞いてみたいことがあったんですがぁ」

水野の隣に座っていた東山美菜が甘えるような声を出した。

座布団の上に横座りしている。その膝が妖しく開閉していた。

かなり酔っているように見えるが、涼子は先ほどから、美菜の様子を窺っていたので知っていた。

――あの女、薄い緑茶ハイを二杯しか飲んでいない。

本来、ワインボトル一本空けても平気な女だ。

――やい、スケベ。

涼子は胸底で美菜を罵った。

中年好きの美菜のことだ。今夜は水野の一本釣りを狙っているに違いない。

きっと、もうアソコを濡らしている。

「ドラマでは赤いコードと黄色いコード、どっちを切断するかって、よく悩んでいるじゃないですかぁ。ああいうのって、本当ですかぁ」

緩い質問をしている。しかしこれには涼子も興味があった。警備課に属しているが、まだ爆発物に出合ったことはない。

水野が呆れた顔で言った。

「本当なわけねぇだろう。そんなバクチみたいこと現場でするか」

ですよね。そうだと思った。

涼子はビールを飲んだ。美菜が食い下がている。

「ええ、じゃぁ、どうやって処理するんですか」

美菜はタータンチェックのミニスカートを穿いてきているくせに、座布団の上でやたらと膝頭を開閉させながら聞いていた。そのたびに白いパンティが見え隠れしている。

この女の酔ったふりは天下一品で、女優以上の演技力なのだ。水野をはじめ、男三人の視線が、美菜の股間に釘付けになった。美菜の膝の開閉と、水野たちの瞬(まばた)きがシンクロしている。どっちも最低な人間たちだ。

「爆発物を冷却してしまうんだよ」

水野が美菜の股間の白いパンティを眺めながら言った。爆発物を見るような目だった。確かに、あれは危険物だ。

「冷却ですかぁ」

美菜が感嘆したように口を半開きにして、ついでに、我を忘れたかのように、太腿(ふともも)を大きく開いた。我なんか忘れていないくせに。

男三人の目が大きく見開かれた。

水野がおしぼりで額の汗を拭きながら、鼻息を荒くした。爆発物処理の際にも、こんな顔はしないだろう。

「氷点下まで凍結させるんだ。俺たちはそれが可能な液体窒素を持っていく」

なるほど。涼子は合点がいった。

「氷点下貯蔵って言うだろ。あれだ。零下百九十度まで凍らせると、たいていのものを不活化させることができる。そのうえで処理室に持ち帰ってから、信管を抜くなり、解体するなりして始末するんだよ」

勉強になった。

「ストレスが溜まる任務ですよね」

涼子は感心して言った。

「いやぁ、SPやLSPさんのように、見えない敵と闘っているわけじゃないからね。俺らは爆発物という敵が現れた瞬間に出動だから、そのときにスイッチを入ればいいわけだ。日ごろは、呑気なものさ。まぁストレスゼロというわけでもないけどな」

同じ警視庁の、同じ警備部に属していても、任務は大きく違う。餅は餅屋というが、お互いその道を極めるに限る。

「水野さんは、ストレス発散にどんなことをしているんですかぁ」

美菜が水野の肩にしなだれかかった。水野が涼子のほうを向いてしゃべっているのが気に入らない様子だ。

「花火」

えっ？　聞いていて、涼子も前のめりになった。

「俺も……」

隣に座っている爆処理の若手もそう応じた。

「僕はバッティングセンター。ガンガン、打ちまくる」

さらにその前に座っている一番年下の男も、そう答えた。

「ようするにさ。俺たちは爆発させたいわけだよ。いつも爆発を未然に防ぐ仕事だろう……なんかこうさぁ、ええぃ、ドカンっ、させたい、みたいな逆な欲求はあるよな」

わからないでもない。涼子は頷いた。美菜が「同感です」と言った。

「私たちはぁ、いつも守る側でしょう。だからぁ、たまには襲いたくなるんですぅ」

そう言って水野の股間に手を突っ込んだ。ある意味、職務上の欲求不満と重なっているのは認める。認めるが、この女、女としての羞恥はないのか？

「うわぁあ、なんてことするんだ」

水野が目を剝(む)いた。頰を真っ赤に染めている。純情な色だ。

「摑めちゃった。水野さん、太いっ」

目の縁を紅(あか)く染めた美菜が水野の方を向いて、悩まし気な顔をした。水野のほうが羞恥に唇を震わせている。だめだ、おっさん、その女の毒牙にかかるなっ。

涼子は心底願った。美菜と賭けていたからだ。

美菜が爆処理を落とせるか？　逃がすか？

涼子は、逃すに張っていた。

明日のランチがかかっている。農務省職員食堂の日替わりランチAだ。だが水野のズボンの股間に浮かぶ男のシンボルは、確かに膨れ上がって見える。もう陥落したも同然だった。

「『淫爆』させちゃいましょうか？　この部屋、防音ですし……どうせなら、みんなで……『乱爆』ごっことか……」

美菜が水野の耳朶に濡れた唇を這わせながら囁いた。しかもこの女、いつのまにか、M字開脚状態になっている。

──こりゃ、もうだめだ。負ける。

さらに最悪なことに、他のふたりの隊員がねっとりとした視線を涼子に注いできていた。

──いやん、私……庁内エッチNG。絶対やらないから……。

涼子は毅然と見返した。

そのときだった。個室の引き戸がいきなり開き、怒鳴り声がした。

「こらっ、うちの個室で、不純桃色遊戯をしているんじゃねぇぞ」

店主の泉谷重信だった。七十二歳。元少年課の刑事だ。不純桃色遊戯……とはさすがに古い。いつの時代の文言だ。

「まったくよぉ。どいつもこいつも、機密情報の打ち合わせがあるとか何とか言って予約しておいて、エッチしやがって。この前も機動隊と交通課が情報交換会とかいって、ここで乱交してやがった。とんでもねぇっ。やい爆処理っ。ここはおめぇらの処理室じゃねぇぇんだっ」

凄い剣幕だった。

築地市場の移転が定まらないので、店主はいらついているとのことだった。豊洲市場が開場したならば、この居酒屋「大奉行」もすぐに移転すべく近場の物件に手付金を打っているらしい。移転延期で市場内の関係者には補償金が出されることになったが、便乗をもくろんでいる周辺の飲み屋などには、一切お構いなしだという。それでこのところ店主の泉谷重信は機嫌が悪いのだと、飲み会の冒頭で水野が説明していた。

涼子たちはしどろもどろになった。

そんな状況の中、美菜はパンツ丸出し状態の座り方になっていて、挙句に水野のファスナーを下ろしてしまっていたのだ。

「こらぁ、そこっ。店内で爆発させせんなっ」

泉谷が、水野の張り出した陰茎を指さして怒鳴った。

そのときだった。

運よく、涼子の刑事電話（ポリスコード）が鳴った。さすがに店主も口を噤（つぐ）んだ。

涼子はすぐに出た。

課長の明田真子（あけたまこ）からだった。通称アケマン。

警視庁警備九課の課長にして一係の係長を兼務している。

警視庁警備九課は女性重要人物専用の警備警察官の部門である。四年前に九課として独立し、現在は四系統百名の部員で構成されている。全員女性警察官だ。通称ＬＳＰ（レディース・セキュリティ・ポリス）と呼ばれている。

一係は政界担当。涼子と美菜はここに属している。

二係は官界担当。各省庁の女性審議官以上。あるいはそれに準ずる女性役職者を担当する。事務次官ならばＬＳＰは二名つく。

三係は宮内庁関係で、これはほとんど別動隊になっている。体力もさることながら、格別の教養や品格が求められる部隊だ。

四係は遊軍部隊で海外要人が来日した際や、公人以外にも警護が必要とされる特殊民間人を守ることもある。ノーベル賞級の学者や国際的スポーツ選手が、公的な場に立つ場合、四係が受け持つ場合が多い。

明田真子は警備九課の創設者であった。三十三歳のキャリア警察官僚。将来、警視庁初の女性警視総監を嘱望（しょくぼう）されている人材であり、そのキャリアに磨きをかけるために、一度はエリート集団である広報課へ転属になっていた。

ところが昨年夏、明田の後任として公安部から転属してきた西園寺沙耶が、テロリストに加担していたことから逮捕されるという事件があった。

逮捕したのは涼子だったが、この一件を警視庁は公表していない。

そのため広報課に転属していた明田真子が、再び警備九課の課長に復帰していた。

「えっ、保母さんが誘拐されたんですか。それなら、私じゃなく捜査一課かと……」

スーパーエリートなのだが、明田真子の電話は常に要領を得ない。電話で詳しい話をしたがらない用心深さゆえだ。

とにかくすぐに集合せよと命ぜられた。

涼子は美菜に告げた。

「明石町のマンションから保母さんがひとり攫われたみたいなんだけど、私と美菜に、直ちに知事邸に向かうようにだって。課長も来るそうよ」

「えぇえ〜。いまからですかぁ。この時間に呼び出しって、大手広告代理店よりひどくないですか」

美菜が悲鳴をあげた。

「しかたないでしょう。警視庁は霞が関一のブラック官庁なんだから、四の五の言っていないで、早く準備して」

涼子は顔を顰めて立ち上がった。水野が美菜の手を払いのけながら、真顔になって涼子を見つめてくる。

「誘拐なら俺たちに出番はないな。爆弾なら、どうにかしてやるんだが」

もっともだ。

しかしそれより、水野警部補、ファスナーを早く上げて欲しい。

燃えている状態の剛直が、トランクスの股間を押し上げている。見ていて気が変になりそうだ。そんな気持ちを抑えて、涼子は水野に礼を言った。

「水野さん、今夜はありがとうございました。また別な機会に、一杯やりましょう」

「あぁ、ぜひ、またな。パンティの色のことはとりあえず黙っててやる。いちおう爆処理にも守秘義務はある」

「色だけじゃなくて、そのこと自体、忘れてくれませんか」

「いや、忘れられそうにない……ピンク……」

水野がニヤニヤと笑った。

涼子は水野の頭をめがけて緩いハイキックを放った。帰り際のハイタッチ感覚だ。

「あっ」

だがその足首を水野にがっちり摑まれた。いやんっ。

水野は冗談の通じない相手だった。涼子は足を上げたままの状態で足首を押さえ込まれ、その結果、グレイのビジネススカートの中身を水野に曝(さら)け出したまま静止することになってしまったのだ。最低の展開だ。

「うわぁ、今夜は黒かよ。俺の中で秋川刑事のイメージ変わっちゃうなぁ」

またまた最悪だ。

「お願いです。ぜひ、先日のことと今のことは忘れてください」

涼子は頰を真っ赤に染めて、無理やり足を引き抜いた。

「う〜ん。私は、一杯じゃなくて、一発やりたいなぁ」

美菜も立ち上がった。この女の発情をいちいち咎（とが）めていても仕方がない。いっそ警察庁総務部直轄の性活安全課にでも転属になればいい。

あの課なら、毎日が「淫場」だ。

「さぁ、いくわよっ」

「はい〜」

4

午後十時。

いる場所で咲きなさい、という格言がある。人はそれぞれ自分に与えられた場所で、花を咲かせればよいという意味であろう。

だとすれば、いまの自分は、断崖絶壁の岩肌に一輪だけ咲いているような状態で、それでもどうにか花をつけている。

今日はまた、強い風がぶんぶんと吹いてくるものだ。

いっそ散ってしまいなさいということだろうか。

東京都知事中渕裕子は、世田谷区桜新町の私邸で、怒りに満ちていた頭をなんとか沈めていた。

今朝は友人の衆議院議員大泉進次郎が事故に巻き込まれそうになった。それは事故ではあるまい。

そのうえ、さきほどは警視庁警備九課の明田真子から、都新の会から立候補予定の綾瀬静香が拉致されたと報告を受けたばかりだ。

何とか助かって欲しい。

裕子はリビングにひとりでいた。ソファから臨む広々とした庭には、夜が更けても常夜灯がついており、芝生が輝いて見える。裕子はその庭を眺めながら、明田真子からの報告を反芻した。まもなく彼女たちがやって来たならば、即座に裏捜査を命じるつもりでいる。

所轄署に届け出たのは、近所に住む静香の母親だった。

実家で夕食を共にするはずだった娘が一時間を過ぎても現れず、電話をしても呼び出し音が鳴るだけで出ないので、不審に思いマンションに行ってみると、扉が開いたままになっていた。

バスルームの湯が残っているにもかかわらず、娘の姿はどこにもなかったという。すぐに地域課の警官ふたりがやって来て、防犯カメラの再生を行った。そこで映っていた映像から拉致と判明した。

『見事な証拠の残し方です』

明田真子はそう言って、裕子のタブレットにその映像を送ってくれた。

最初にマンションの玄関、通路、エレベーターにある防犯カメラに、消防士の恰好をした男が映っていた。だがそれは消防士の正式な制服ではなかった。コスプレショップでも売っている代物だそうだ。

オートロックのマンションであった。

消防士に扮装した男は他の居住者が入るのと同時タイミングで「緊急です」と言って滑り込んでいた。ドラマでありがちな手法だった。

次に静香の住む四階廊下の映像が現れた。

消防士の制服を着た男は静香の部屋の扉脇にあるガス湯沸かし器の蓋を開け、何やら操作をしていた。

初動捜査の結果、これは湯の温度をマックスにする細工をしていたと判明した。最高温度は七十度にまで設定することが出来る湯沸かし器だった。

続いて、男は開けた機器の中に花火を数本挿し込み、点火した。

派手に花火の火花を飛ばさせると、男はインターホンを押す。

しばらくして、扉が開き、バスタオルを巻いただけの綾瀬静香の姿が現れる。間違いなく、裕子の知る綾瀬静香だった。

ここからのシーンは見るに耐えなかった。現実にドラマのようなことが目の前で起こったのだ。

静香は腹部を強打され嘔吐し、前のめりになったところを男の肩に担ぎあげられ、そのまま連れ去られていったのだ。

ショッキング過ぎる映像だった。

最後にマンションの正面玄関の外を写した映像になった。

玄関には救急車が横付けになっており、消防士姿の男は後部扉から静香を担いだまま、中に乗り込んでいった。男が扉を閉めるなり、救急車はすぐに動き出した。救急車のボディには『中橋消防署』とあった。

映像を見ている裕子に明田が電話で説明を加えた。

『運転手役の仲間がいたことになります。救急車のナンバーを検索しましたが、偽造でした。中橋消防署の名前が記されていましたが、問い合わせると、その時間の出動はないということです』

　現在、Nシステムを駆使して、この車の行方を追っている。

『本事案は、警視庁刑事部捜査一課強行犯係へと回っています』

　明田真子はそう言ったが、裕子はこの捜査に待ったをかけた。

　これはおそらく自分に対する威嚇、あるいは挑戦である。

　ということは、黒幕の正体を暴かない限り、都新の会の候補者は何度でも狙われる。そして自分を支持する大泉進次郎のような盟友も襲われるであろう。

　裕子は仄暗い庭の向こうから、何人もの黒幕たちが、いまもこちらを覗いている気がした。

　都知事に就任してから、さまざまな改革に取り組んできた。そのため、敵も増えた。揉めている内容はだいたい四点に整理できる。

　一、オリンピック施設建設の変更

　これに関してはかなり押し切られたが、現在、建設費に関する予算の圧縮と透明性を厳命している。「結果、こうなった」で押し切ろうしていた人間たちは、さぞかし息苦しい状態に陥っていることだろう。

二、豊洲市場開場延期

就任時にちょうど盛土の問題がクローズアップされた。市場建物の一部地下が空洞になっていたとは、とんでもない話だった。

ただしこの問題に関しては、裕子としても当初は落としどころがあると踏んでいた。都庁の綱紀粛正を示し、空洞部分は埋めればことがすむと考えていたのだ。

ところが、改めて調査すると、土壌汚染の数値は、とんでもないレベルを示してしまった。

裕子としても引くに引けない状態となったのである。

ここにも既得権益を握る各界の人間たちと軋轢が出来ている。豊洲開場を当て込んで投資している者、築地解体後の再開発を狙っている者たちなどが、突然の移設時期延期で、苛立っていることは承知だ。しかしベンゼンの数値が基準値まで下がらない限り、移設をすることはもはや不可能だった。

もし、あやふやなまま、勢いで移設させてしまったなら、裕子は後世の都民に背信行為をしたことになる。絶対に引くことは出来ない。

三、カジノ法案成立に絡む誘致

これも築地が絡む。市場の跡地にカジノ誘致をもくろんでいる人間が蠢いているのだ。

裕子はカジノ推進派である。しかし築地の跡地には同意しかねる。これは豊洲に市場を移設したとしてもだ。いまとなっては、その移設が困難になっているので、カジノ誘致はほぼ不可能である。

――それより、土地に充分余裕のある台場の方が使い勝手がある。

かねがねそう考えていた。

大型クルーズ船が接岸できる大きな港と同時開発するというのが盟友大泉進次郎の案である。集客力がアップするという考えだ。

まさに総合商社出身者の発想である。

築地ではレジャー施設の規模が限られている。それよりも綾瀬静香の提案するように、銀座と晴海地区で働く女性たちのために大規模な託児所や保育所を誘致した方が、はるかに有意義だった。

少なくとも裕子はそう考えるが、議会の反応は別だ。

都議や県議というのは、ほとんどが地元産業の利益代弁者である。過半数を握る会派に所属したがるのも、有権者の利益を実現したいためである。

否定はしない。しかし現在の多数会派は、既得権益者側にばかりに寄りすぎて、もはやその関係を断ち切ることは困難な状態だ。

四、新党の結成

だから自分は、あらたに過半数を得るために地域政党を立ち上げたのだ。軋轢は承知だ。

だいたいこれら四点の問題で敵に囲まれているわけだが、とうとう殺人未遂や拉致までしてきたとなると、黒幕は相当の権力者と考えられる。

裕子が捜査一課の強行犯係の捜査に待ったをかけたのはそのためだった。

警視総監に直接電話をかけて、警備九課に捜査させるように依頼した。民自党幹事長の石坂浩介からも説得してもらった。

結果、総監は折れてくれた。

同時に潜入捜査の許可まで降ろしてくれたのだ。

民自党上層部や総監も、都政の暗部を動かす黒い勢力を見極め、潰すことをもくろんでいるということだ。

ただし、潜入捜査に関しては「当人たちが納得すれば」という条件が総監からつけられていた。囮捜査、潜入捜査ほど危険な捜査方法はないからである。

明田真子たちなら、出来る。

説得は政治家の得意分野である。裕子はとにかく明田たちの到着を待った。

庭の芝生を眺めながら、どういうふうに説得しようかと考えていたら、ふとまったく違うことが頭に浮かんだ。人間そういうことは、ままある。

どうでもいいことだが、東京都知事に公邸がない、ということだ。

——これって、おかしくない？

裕子はそう思った。

かつては渋谷区松濤（しょうとう）に東京都知事公館なるものが存在したが、最後にそこの住人になったのは、「ガチョーン」というギャグで知られるテレビタレント出身の直木賞作家だった。すでに他界している。

以後、公館に住む知事はなく、維持費の高騰から都は二〇一四年に公館を売却してしまったのだ。

——豪邸を持っていない知事は、どうすればいいのよね。

商務大臣時代、裕子は青山のマンションに住んでいた。だが都知事には、それにふさわしい邸が必要だった。

世界随一の巨大都市である東京の知事が賓客（ひんきゃく）を招くべき邸を持たないのは、むしろ品格に関わることである。

裕子を都知事選に引っ張り出した、石坂浩介に相談すると、すぐにこの物件を斡旋してくれた。

邸宅の所有者は昭和の映画スター、夏目龍太郎である。

御年は八十八歳になる夏目龍太郎は現在、神奈川県湯河原で悠々自適の暮らしをしているという。スターはスターで、この広大な邸宅の管理を持て余していたようで、裕子の申し出は渡りに船となったと言える。

四十四歳で独身の裕子は、両親と姉夫婦とその子どもたちと共に入居した。身の回りの世話は、いま母と姉が引き受けてくれている。

さすがは昭和の大スターの邸宅は広大で、両親、姉夫婦一家に充分なスペースを渡しても、なおかつ裕子が自由に過ごせる部屋は十部屋ほどあった。

——遅い……。

警視庁から桜新町までは、首都高速を使えばおおよそ四十分である。すでに一時間が経過しているのに、明田たちは現れなかった。

怒りと苛立ちが頂点に達している。政治家はつくづく孤独な仕事だ。裕子はソファからオットマンに足を投げ出した態勢で、腰から下にブランケットを掛けた。

スカートを捲る。パンストの上から股間を摩擦した。

一回やって気持ちを鎮めなくてはならない。オナニーは政治家にとっての鎮静剤だ。

五分後。裕子は極点を迎えていた。すっきりした。同時にソファの傍らにあるコーヒーテーブルに置いたスマートフォンが鳴った。

ようやく警視庁の明田警部が到着したようだ。

4

「信用出来るのは、あなたたちしかいないのよ」

明田真子は知事邸のリビングルームに通されるなり、中渕裕子からそう伝えられた。知事はさすがに落ち込んでいた。

このところネット上に「中渕裕子と寝た男たち」とか「隠し資産」などのフェイクニュースが流されたり、都庁前で直接怒号を浴びせられたり知事本人に対する恫喝がエスカレートしていたが、自分が擁立した候補者が拉致されたのは、そんなことよりも辛いだろう。

極悪人は本人よりも、本人が庇護したいものを狙ってくる。セオリー通りであった。こうなるとディフェンス部門である警備九課としても、知事に関する守備範囲のさらなる拡大が必要となるが、人員的には限界に近づいていた。

「知事、まずは、お茶をいただいて落ち着きましょう。さっ、あなたたちも座って」

知事が言い出したいことはわかっていた。

——私たちに捜査しろというのだ。出がけにその件を総監官房から打診されたために、ここに来るのが三十分ほど遅れたのだ。

真子は知事邸正面で合流したＬＳＰ秋川涼子と東山美菜、それにＳＳＰの岡田潤平を来客用の大型テーブルに着席させた。

ゆっくり会話を進めたかった。出来るだけグレイゾーンで解決したい。あくまでも捜査は捜査一課が主体だが、自分たちも参加するので安心してほしいというラインで落ち着かせたい。

「そうね、いつものお茶を淹れてくれるかしら」

「はい、私が」

真子はすぐにダイニングキッチンに入り、ティーセットと紅茶の葉が詰まった缶を取り出した。いまや勝手知ったる知事邸である。

政治家、官僚が好んで飲む紅茶と言えば、グレイ伯爵の紅茶「アールグレイ」と相場が決まっている。

グレイに……つまり何事も灰色処理。あやふやに始末しようという暗喩を込めて喫茶するのだ。

共に飲めば、グレイ処理を合意したことを意味する。永田町と霞が関ではこの銘柄の愛好者ばかりだ。

いつの間にか、真子もすっかりアールグレイが気に入ってしまっていた。味ではない。グレイに処理するという戦略が気に入ったのだ。

警察はシロかクロかをはっきりさせる仕事だが、官僚という立場で、国を動かしていくには、常に物事をグレイに進めることが必要だった。

政治とか、行政という仕事で、意見の一致をみるのは困難である。

いかに自分の考えるベストな方法をあやふやに進めるか。そこには言葉を変えれば清濁併せ呑む神経が必要となる。

ティーセットをシルバートレイに載せて、リビングのテーブルに運んだ。

部下の涼子と美菜が慌てて立ち上がり、カップを置くのを手伝ってくれる。

「私たちが、やりましたのに」

秋川涼子が恐縮している。

「お茶ぐらい、私が淹れますよ。あなたたちには危険な現場を任せているのですからね」

茶が置かれたところで、いきなり知事が口を開いた。

「ねぇ、この捜査の指揮を警備九課で執ってくれないかしら。刑事課は外して欲しいの」

「えぇぇ〜」

真子はアールグレイを吹き出しそうになった。

この女、ぜんぜんグレイじゃない。はっきりしすぎている。真子はすぐに言葉を返した。

「いやいや、これはやはり捜査一課を動かすべき事案かと思います……私たちはデフェンス部門です。そして、捜査に関しては、経験不足ですし、一課のようなネットワークも持ちません」

これほどはっきり捜査一課を排除されては、庁内に戻って説明がつかない。真子は捜査一課長の真壁哲也の顔を思い浮かべた。

「でもね、真子ちゃん」

知事が言った。真子ちゃんと呼ばれるぐらい怖いことはない。絶対無理強いしてくるのだ。そして、続けてしゃべりだした。

「私がいま信用できるのは、あなたたちしかいないのよ。警視庁内にも守旧派都議とその利益共有者たちが人脈を持っているのは知っているでしょう」

警視庁は東京都の警察本部だ。都議、都庁とは密接な関係がある。刑事課内に内通者がいたとしても不思議ではない。

「警察が縦割り組織なのは、ご存知のはず……」

真子は額の汗を手の甲で拭った。

「それは、そちらの事情でしょう。私が、自分の警護を担当している警察官に、知り合いが暴漢に襲われたことを、直接捜査してくれと言ってなにが悪いのよ」

裕子は口を尖らせた。

無理難題なのは承知で詰めてきているのだ。めんどくさい……。

あんたはやっぱりトランプか……思わずそう言いそうになり、真子は言葉を飲んだ。

「それにね。真子ちゃん、この事案に関しては、実行犯を逮捕してしまったら、それで終わりになってしまうと思うの」

「まずは綾瀬静香さんを奪還することが最優先ではないでしょうか」

警察の立場でそう答えるのが当然だった。

「いいえ。攫った人間は、綾瀬さんを傷つけたりしないわ。目的は私へのダメージだから、このことを世間に知らしめたいだけだと思う。都新の会から出馬しようとする人間をどんどん辞退させたいのよ」

政治家の見立てだった。一理ある。

女性候補者がひとり拉致されたという事実は、他の候補者を委縮させるに、充分なインパクトがある。

「では、知事は公表するなと」

「誘拐捜査と同じ手法で、マスコミにも箝口令（かんこうれい）をしいて欲しいの」

知事が涼しい顔で言った。警察の捜査法を充分検討したうえでの答えだろう。超めんどくさいこと考えだす女だ。

「公表したら、相手の思う壺よ。あくまでも伏せて、あなたたちが潜入捜査をするのよ。手がかりはたくさんあるじゃない」

防犯カメラの映像のことを言っているのだ。たしかに手がかりだらけの映像だった。むしろ、警察が内偵してくるための餌を撒いているような気さえする。

「中橋消防署だって、どうしてわざわざ教えてくれているのかしら？」

知事が腕を組んで首を傾げた。

「内偵してくるのを誘っているんじゃないですか」

突如、テーブルの端に座っていたＳＳＰの岡田潤平が口を開いた。ここに座っているメンバーの中で唯一の男性警備警察官だ。三十五歳。警備一課所属の特殊警護警察官チーム、通称ＳＳＰのひとりで、重要事案では九課と連携を取る。格闘能力に優れている。

「誘い？」

真子は驚いて聞いた。一緒に座っている秋川涼子と東山美菜は目を丸くしている。

岡田は知事には視線を向けず、真子たちに説明するような調子で続けた。

「相手も、知事や警視庁がどう出てくるのか知りたいんですよ。きっと。手がかりをたくさん残していったのも、こちらがどう手を打ってくるのか、見極めるためでしょう」

裕子が口角を上げた。

「要するに、私がこれで怖気づいて都新の会の活動を停止したりすれば、綾瀬さんをすぐに解放し、末端の実行犯を逮捕させるってことね」

「そうです。それこそ犯人たちの思う壺ですね。しかし、知事の盟友である大泉進次郎さんの今朝の事件はどうなりますか？　あれはまさに殺意があったのではないでしょうか」

真子は食い下がった。

「大泉君のことは、抹殺を狙ったと思います」

「大泉先生には、午後からＳＰが張り付くことになりました」

「それはありがたいわ。ここからわかるのは、カジノ誘致だわ。大泉君と私は、タッグを組んでいます。まだ誘致先の希望は明かしていないけれども、おそらく手を下した人間たちは、私たちが、彼らの意にそぐわない場所を目指していると予測しているのでしょうね」

裕子が肩を竦めた。

「知事は、候補地を決めているのですか」

岡田が初めて裕子の目を見た。

「いいえ、まったく……」

空とぼけている。真子は確信を持った。裕子と大泉進次郎が目指している候補地が漏れはじめたから、敵は実力行使に出てきたのだ。

カジノ利権だ。候補地が変われば、莫大な資金の移動となる。敵も必死だ。

「鉄骨を落としたビルの作業主は東都建設でしたね」

岡田がメモを見た。午前中に社長が記者会見をしている。その時間、作業員はまだいなかったそうだ。敷地内のプレハブに保安要員が二名宿直していたが、そのふたりの証言によれば、事件当時、現場内に作業員は存在せず、午後十時以降の夜間の出入りはまったくなかったと説明している。

東都建設は速やかに建設現場に設置してある監視カメラの映像を警視庁に提供していたが、確かに人の出入りはなかった。

東都建設には安全義務違反の容疑で、捜索が入っている。工事は確認と対策が講じられるまで、延期となっていた。死傷者がひとりも出なかったのは奇跡だ。

「大泉君があの場にいたということも、伏せて頂いているわよね」

裕子に念を押された。警察は道路に設置された防犯カメラから、大泉がその場にいたことも、さらには、ここにも中橋消防署の救急車が登場していることも把握していたが、どちらも公表はしていない。

ニュースでは事故のことのみが報道され、キャスターたちは東都建設の安全管理に問題があると投げかけていた。ステレオタイプの反応である。

死傷者が出なければ、交通事故程度の扱いだ。報道なんてそんなものだ。

警察の対応も似ている。死傷者が出なければ、さほどの追及もしない。事件性がなければ、捜査一課の管轄でもない。地域課が報告書を上げるだけだ。

逆に国土建設省のほうが、この件を重く受け止めていた。監督官庁として、調査委員会を立ち上げ、東都建設に派遣することにしたらしい。

東都建設はなんらかの責任を負うことになるだろう。そして一定期間、公共施設の建築入札から外されることになろう。

しかし、罰はせいぜいそこまでだ。大泉進次郎は殺されそうになったというのに、ほんのわずかな期間の入札停止で幕引きがなされてしまうのだ。

これは納得がいかない。人が殺されそうになったのに、実際に死傷者がいなければ、その動機についてはなんら捜査されないのだ。

命の価値が軽すぎる。

真子は徐々に捜査をする気持ちになってきた。

「つまりは豊洲、カジノ、都議選に対する妨害ということですね」

「そうね。オリンピックに関しては、すでに手が付けられない状態だけど、その三点は、私は政治生命をかけてやるつもりよ」

裕子がきっぱり言った。

「わかりました。この捜査、警備九課一係と、一課の岡田君でやりましょう」

真子はしっかりと都知事を見据えて、そう言い切った。

秋川涼子、岡田潤平、東山美菜の三人も頷いた。そして秋川涼子が背筋を伸ばして発言した。

「見えざる敵と戦うのが警備課ですが、都知事が擁する候補者や、意見を同じくする国会議員すべてをお護(まも)りすることは出来ません。この場合『守備的攻撃』に出るしか手はないと思います」

守備的攻撃とはよい言葉だ。真子は警視庁内の縄張りを飛び越えるひとつの理論武装として、警備的事前捜査という文言を想起した。

「だわね。では、それぞれに、潜入捜査に入ってもらうわよ」

攻撃となれば、まずは潜入捜査しかなかった。黒幕の正体を暴かなければ、防御にはならない。

「まず、中橋消防署ね。敵はここに我々を呼び込もうとしているのは、確かだわ。囮になってもらうのは……」

真子が三人を見渡すと、東山美菜が「はいっ」と手を上げた。

「消防署員と出会ってみたかったんですっ」

「あのね、合コンに行って欲しいと言っているわけじゃないんだけど……でも、まあいいか」

この部下のあっけらかんとした性格は、案外、敵中に潜り込ませるのには適していると思い直した。

「わかったわ」

「それでは、秋川さんは、東都建設に乗り込んでください。覆面職業（アンダーカバー）は少し考えさせてちょうだい」

真子は潜入捜査のプロである公安課に相談することにした。

「了解しました」

秋川涼子が敬礼した。

「そして岡田君には、都新の会の政治塾に入ってもらうわ。都知事、候補者の二次選考はこれからですよね」

「そうよ。まだ間に合う。本当に立候補してくれてもいいんだけど」

「まさか……」

岡田は滅相もないというように、顔の前で手を振った。

第二章　密通捜査

1

　東山美菜は中橋消防署のすぐ近くにある洋食レストランで、今朝から同僚となった竹内徹(たけうちとおる)とランチを共にしていた。

「パトカーと救急車でレースやってみたいですよね」

　まずはばかげた話題を振る。

「いいねぇ。どうせなら公道でサイレン鳴らしながら、競争してみてぇよ」

　竹内徹は豪快に笑った。三十二歳の消防士長であるが、救急救命士の国家試験にパスしているため、救急隊長も兼務している。

　小規模消防署では消防士と救急隊員の兼務は珍しくないらしい。

　竹内は救急隊員の制服ではなく、わざわざポロシャツとチノパンという私服に着替えてランチに来ている。

制服で飲食店に入れないのは、警察も消防も同じらしい。休憩中であっても一般人の目にはさぼっているように映るからだ。

美菜は黒のビジネススーツを着ていた。

「私ね、ミニパトを操るのは自信ありますよ。幅二メートルの道でも、百キロで走れますから」

「そりゃ、すげぇや。でもよ、俺だってよ、救急車走らせたら、負けねぇぜ。曲がりくねった首都高速を、ジグザグ切りながらでも、平均八十キロは出せる」

「ほんとうですかぁ。さすがですぅ」

おおげさに感嘆の声を上げて褒めちぎってやった。

中橋消防署は中央区日本橋のはずれにある小規模消防署だ。消防車三台。救急車二台を保有する。

美菜はこの消防署へ、警視庁交通課巡査長の立場で研修にやって来ていた。

研修名目は「災害発生時の救急車とミニパトの連携」。

期間は二週間の予定である。

そもそも消防庁と警察庁は親戚のような間柄で、他の省庁よりも仲がいい。

それぞれ現場では「火消し」「岡っ引き」と呼び合っているほどだ。

ただし、今回は潜入捜査である。美菜は考えた。

内偵を促進するには、この消防署内の男と肉体関係を持ってしまうのが手っ取り早いのではないか。とにかく馴染みの男を作ることだ。

名付けて「密通捜査」だ。

午前中の観察で美菜は、この竹内を的に掛けることにした。

陽気でタフ。いかにも体育会系らしい竹内は、美菜の好みでもあった。任務を越えて、やってみたい男でもある。

綾瀬静香が拉致されてからすでに三日が経っていた。だが、事件は進展していた。

事件翌日、つまり昨日、父親のもとに静香本人から電話があった。

『無事だから、ことを荒立てないで。選挙に出るのは辞める。たぶん十日ぐらいで帰宅するから、心配しないで』

そういう連絡だった。

父親が言うには、声の主は実の娘であることに間違ないということだった。ただし、そばで誰かに脅されている感じを受けたという。

課長の明田真子はこの父親に、もう一度静香もしくは拉致容疑者から連絡が入った場合、「警察への捜索依頼は取り下げた」と伝えるように依頼した。父親は承諾した。

容疑者側が静香に連絡させたのは、捜査状況を把握しようとしたためであると、明田は断言した。

やはり拉致はあくまでその本人に対してではなく、中渕裕子に対する威嚇のようだ。逆にいえば容疑者側は綾瀬静香をよほどのことがない限り傷つける気はないだろう。

潜入捜査で、容疑者の背景を探ることが最優先だった。

研修期間は名目上、二週間に設定されていたが、美菜は明田から五日以内に、何らかの情報を摑んでこいと厳命されている。

とにかく目の前の竹内を陥落させて、この中橋消防署の不審な点を洗い出すしかない。容疑者たちは、あえて中橋消防署を騙っているのだ。絶対になにか手がかりがある。

美菜は竹内と語りながら、ぼんやりと考えた。

容疑者側が、静香を傷つける意図はないはずと明田は言うが、

――一発ぐらいはやるだろう？

美菜の常識では、セックスを伴わない拉致監禁はありえない。

後々、被害者本人もそこは沈黙したいところだから……犯人とすれば、やり得になる、だから、きっとやる。上層部が丁重に扱えと指示しても、手下の見張り役は必ず、やる。間違いない。

「ところで、竹内さん、救急車って、非番のときにドライブしたいとかって、借りて、

乗ってもいいものなんですか」

食後のコーヒーを飲みながら、いかにも頭の悪そうな女を装(よそお)って聞いた。ふたつの現場に現れた中橋消防署の救急車は偽装車であるのは明白であったが、なぜ、わざわざ中橋消防署とボディに書いていたのか？

その手掛かりは絶対にこの消防署内にある。

「それはありえねぇ。救急車(あれ)は普通の乗用車じゃねぇんだ。文字通り救命用の車両だ。どこの署だって一台たりとも無駄な走りをさせる余裕はねぇ。正直、消防車より、救急車の方が稼働率は高いんだ。だから、救急車をプライベートに使うなんて百パーセントありえねぇ」

「ですよねぇ」

美菜は得意のアヒル口を作った。

自分の表情の中でもっともセクシーな顔はこれだ。竹内の頬が微かに赤くなった。純情そうだ。美菜の好みである。密通したい。

「ミニパトはどうなんだ？」

逆に竹内に聞かれた。

「同じですね。ミニパトで遊びに行くことはありません。でもミニパトで遊ぶことはあります」

美菜は意味ありげに、片頬に笑みを浮かべた。

女性警察官はだいたいミニパト内でオナニーをしている。たまには地域課の巡査と車内エッチに及ぶこともある。婦警用語で通称ミニパトエッチだ。交番でやるというのも憚られるので、オナニーやエッチはできるだけミニパトを使う。

美菜も所轄の交通課時代、同僚や交番勤務の地域課警官とミニパトエッチをさんざんやった。

「遊ぶって？」

勘の悪い竹内が眉根を吊り上げた。

「いろいろですよ……」

竹内はコーヒーを口に運んでいる。まったく鈍感だ。

「竹内さん、消防車とか救急車の構造ってどうなっているんですか」

美菜はそもそもカーエッチが好きだった。

ミニパト、本パト、装甲車でのエッチ。それに白バイにタンデムしてのペッティングまで経験済みだ。陸自との合コンで、戦車エッチのアポは取ってあるが、まだ実現していない。

救急車にはベッドがある。やりやすいだろう。

それと不謹慎だが消防車で燃えてみたい。あの真っ赤なボディのポンプ車の上で、男子のポンプから放水させてみたい。

せっかく消防署に研修に来たのだ。やはり消防車、救急車でのエッチは体験して帰りたい。その誘いをかけたつもりだったのだが、竹内は真顔で答えてきた。

「あぁ、消防車っていうのは全車特注さ。同じ形の車はまずない」

意外だった。これはこれで面白い内容だった。

「そうなんですか……年度によって同型車が割り振られるっていうことじゃないんですね」

「ほとんどの人がそう思っているだろうけど、違う。その消防署のある町の特徴に合わせて発注されるんだ。例えばうちのようにビル街の署なら、大型の梯子車はマストだ」

「そうですよね」

今朝見た二台が巨大な梯子車であることは、すでに確認済みだ。

「でも。世田谷区や練馬区みたいな住宅街が守備範囲の消防署なら、狭い道幅でも走れるコンパクトな消防車の方が便利ってことになる」

なるほど。

「火災現場によっては、近隣の署同士で、大小の消防車を組み合わせて出動することもある。消防は警察の所轄署よりも細分化されているから、そのぶん連携を取り合う」

「そうなんですか……あっ」

美菜はコーヒーを膝の上にこぼした。わざとらしくなく、ごく自然にこぼせたと思う。慌てて立ち上がり、テーブルの上にあったおしぼりで、スカートの裾を拭く。

黒のビジネススーツを着てきていた。本来は膝頭の少し上程度の丈だが、ランチに来る前に、洗面所で十センチほど裾を上げていた。ウエストを引き上げ、折り返し、即席の超ミニスカに変えているのだ。

「すみません。みっともないところをお見せして」

コーヒーは太腿の内側にまで垂れていた。美菜は中腰になりながら、片膝を上げた。おしぼりで内腿を擦るように拭く。

竹内の視線がスカートの奥の三角の隙間に注がれるのがわかった。

黒のパンストのセンターシームの辺り。しかし、それにも仕掛けが施されていた。破っていた。

竹内の眼が「おっ」と踊る。黒網の裂け目から真っ白なショーツが覗けているはずだ。自分で言うのもなんだが、これは超エロい光景だろう。

「いやんっ。なんか、べちょべちょして気持ち悪い」

美菜はあえておしぼりを奥へ奥へと進めた。股間は大きく開く。目の前にいるのは竹内だけなので、他人に見られることはない。

このどんくさい男を陥落させるには、このぐらいの手を使わなければ、無理なようだった。

「もういやっ。パンツの中まで、コーヒーがしみ込んできているぅ」

美菜はおしぼりを最奥にまで突っ込んだ。竹内の唇が微かに震えているのが見えた。興奮している。パンストの破れ目の辺りを懸命に拭いた。正確に言えば、破れ目を拡大するために、摩擦をしていた。

「おい、東山、座ったほうがいいよ。パンスト破れているし、そこをそんなにおしぼりで拭いたらさ……」

竹内が言葉を呑んだ。わかっている。白のショーツの股布が濡れて、透けて見えているのだろう。思惑通りだ。

女の肝心な部分の双葉が開いた状態で、股布に張り付いていた。そこを思い切り見せる。

竹内がごくりと生唾(なまつば)を飲んだ。

2

「救急車は使えない。交通事故があっただけで、飛び出さなきゃならんし、最近は病院に行くためのタクシー代わりに呼ぶ不届き者もいる。しかし、それでもとりあえず出動しなきゃならないのが、救急車だ。あの中はまずい」

竹内は巨大梯子車を指さした。

「あれが出動することはめったにない。一月の両国出初式に参加して以来、今年はまだ動いていない」

「じゃ、安心ですね」

美菜のほうから竹内の手を取って、運転席へと向かった。梯子車に乗るために、アルミの梯子を昇らねばならなかった。運転席は高い位置にある。そこなら誰かに覗かれる心配はない。

美菜が先に昇った。下から竹内が、スカートの中を覗きながら上がってきた。

「なんで、パンストが破れているんだ？」

「オナニー。ボールペンでつんつんしていたら、破れちゃいました」

美菜はごく普通に答えた。

「研修に来ていきなりオナニーかよ」

「私、緊張すると濡れるんです。朝礼で挨拶しているときに、消防士さんたちの視線を浴びていたら、もうたまらなくなりました」

これは事実だった。消防士たちの放つ逞しさは、警察官よりも鮮烈であった。パトロールや刑事犯を追跡、あるいは捜査をする警察官も命がけであるが、消防士は現場がそもそも燃え盛っているのだ。

戦場に赴く兵士の任務に等しい。マシンガンの代わりに、この人たちはホースを握るのだ。

または生死の境にいる人間を病院に搬送する救急隊もまた、一刻を争う任務であろう。そんなハードな仕事に就いている人間たちの視線は、美菜を猛烈に興奮させた。

女性消防士たちも戦士のような目をしていた。交通課の女性警官よりも自衛隊の女性隊員の表情に近いと思った。

「それで、朝礼が終わると同時に、トイレに飛び込んで、ペンでクリトリスをつんつんしたんです」

美菜は尻を振りながら梯子を上り切り、運転席の扉に手を掛けた。

「クリトリスとかって、普通に言うなよ。俺、もう爆発しそうだぜ」

竹内はベージュ色のチノパンの股間を押さえながらついてきている。

運転席は広かった。美菜と竹内は入るなり抱き合った。竹内が荒い鼻息を吐きながら、美菜の上着を剝ぎ取り、ブラウスのボタンを外しにかかってきた。

「全裸はダメですよ。緊急事態になったら、真っ裸では外に出られないですから」

パトカーなどでエッチするときと同じ要領でなければならないと考える。

「わかった。俺も同じだ」

竹内がベルトを緩めている。チノパンを膝下まで下げて止める。

「片足だけは抜いたほうがいいと思います。両足を入れて、挿入すると、かえって足に絡まって、いざというときに転びます」

美菜は自らブラジャーのホックを外しながら伝えた。ブラウスの前は全開にしたが、着たままだった。生の双乳だけを取り出す。乳首は、呆れるほどしこっていた。

「あのさ……警察官同士って、しょっちゅうエッチしてんの？　なんか東山って、慣れている感じがするなぁ」

「ご想像にお任せします。公務員は口と膣は常に締めているべきです」

美菜と竹内は運転席に横たわった。ベンチ型の座席は広かった。ふたりが並んで横になれるほどのスペースだ。

「わかった。俺も口もココも硬いのが自慢だ」

竹内が寝ころびながら、トランクスを下げた。勢いよく男根が飛び出してきた。美菜はカッと身体が火照るのを感じた。その巨大になった肉茎に竹内の強い意志を感じた。

惚れ惚れする赤銅色だった。美菜は無我夢中で、顔を近付け、口に含んだ。出会ってからまだ五時間しか経っていない男の肉茎をしゃぶってしまったのだ。

肉根全体の約三分の一を含んでいた。亀頭冠の裏側の三角州に舌を這わせた。じゅるっ、じゅるっ、と音を立てて舐める。舐め甲斐のある太さと弾力ある亀頭だった。

「おおっ」

竹内が喜悦の声を上げた。獣が吠えるような声だった。想像通り野性に満ちた男だ。落としやすいタイプのはずだ。

この男との行為は捜査にも役立ち、肉体的にも趣味に合うのだから、役得であった。美菜は自分の勘に狂いのなかったことに自惚れた。

しゃぶりながら、万歳をするように両手を伸ばし、ポロシャツの内側に滑り込ませた。竹内の乳首を探す。すぐに見つかった。コリコリとした感触だった。軽く爪を立てて掻く。両乳首同時に刺激した。

「ううう」

竹内が目を閉じ、口角を下げている。美菜の口の中に収まっている亀頭が、さらに膨らんだようだった。

情報を聞き出しにかかるには、もう一息だ。うずうずさせて、挿入か射精の欲求が高まり切ったところで、一度寸止めする手はずだ。

美菜は用心深く、ときおり亀頭の中心にある噴き出し孔に舌を這わせ、兆候を観察した。先走り液は出はじめていた。

乳首を左右交互に掻いた。

「おぉおっ。んんっ」

左右の乳首と亀頭の三点を責められて、竹内は快楽に酔っていた。美菜の股間も疼きだしている。もちろん乳首だって硬直しきっていた。

美菜は竹内の股間に顔を埋めたまま、彼の太腿に乳房を押し付けた。

「うっ」

軽く触れただけで、眩暈がするほどの快美感が押し寄せてきた。仕事を速めたほうが良いようだ。そうでなければ、自分のほうが先に挿入したくなってしまう。

美菜は竹内の大腿部から乳房を離し、しゃぶっていた肉根を思いきり呑み込んだ。根元までの全長を口内に容れる。

「おぉおおおおおおお」

竹内の声が一段と獣じみたものに変わった。肉根から燃え滾るような熱気が伝わってくる。勝負どころだった。

美菜は唇をきつく結び、顔ごと上下に振って肉根を絞り込んだ。亀頭が俄かに膨張してきた。はちきれそうだ。そこで舐めるのを止めた。

「……」

竹内が沈黙している。肉根からさっと唇を離した。亀頭の先端が「なぜだ？　どうした？」というように、クルンクルンと首を振っている。

美菜はやおら聞いた。

「救急車はこのところ出動していないんですかぁ」

「な、なんだよ、いきなり……いまする話じゃないだろう」

「あら、ごめんなさい。別に……舐めている間に救急車が目に入ったので」

言いながら、美菜は竹内の乳首だけを撫でることにする。左の乳首を撫でた。出来るだけ思考能力を停止させながら、聞かなければならない。

「おっ、んっ」

乳首責めに竹内が喘ぎ、亀頭が激しく揺れた。

「昨日は三回出た」

「ここからは何回出したんですかぁ」

今度は手のひらの中心で亀頭冠全体を包み込む。撫でながら聞いた。

「俺は出してない。もう一か月以上出してない」

「うそぉ。出動率低いですね」

「要請がない」

「私が要請しちゃいます」

睾丸を握ってやった。ポンプのように押す。

「わっ」

軽く噴いた。しゅっ、と一筋の粘液が噴出し、危うく美菜の顔にかかるところだった。

「一昨日は、どうでした。救急車の方……」

さりげなく聞いた。

「……」

竹内は目を閉じたまま沈黙した。

「要請がなくても、自己噴射はさせているんでしょう……」

「いったい、どっちの話だ？」

「救急車……そのこと考えながらのほうが、射精タイミングを遅らせることが出来ると思うんですけど……挿入したとたんに、しぶかれたら、私がっかり……」

言いながら、美菜はパンストとショーツを脱いだ。我ながらうまい誘導だと思った。

「一昨日は……えぇぇえと」

美菜は下半身を包んでいた下着を脱ぎ終えていた。スカートだけを着けている。それを捲った。竹内の眼に、小判型の草叢を焚きつける。

「あぁ、そんなの見せられたら、俺漏らしちゃう。一回出させてくれないか？」

懇願された。出したら頭脳が明晰になってしまう。どんよりピンク色になっている状態にさせておかなければならない。

「だめっ、私は、いま挿入したくなっているんだもん」

これは本音でもある。美菜とて、けっして冷静な気分でいるわけではないのだ。

「だから。一昨日の出動回数を思い出して……それが終わったら、その前の日の出動回数を……ほら、男の人って、射精を我慢するときに掛け算の九九を唱えるって言うじゃない。それの代わり……」

ピントをぼやかしながら誘導していく。

「俺の管轄の一号車が出動したのは昼間に三回だ。いずれも交通事故だ」

美菜は頷きながら、竹内の肉茎の根元を握った。熱い。ほおずりしてみたくなるほどの熱気だ。

肉の先端を自分の濡れた花びらの間にあてがった。

「擦って馴染ませている間に、噴きこぼさないでね」

「なんだか、東山、本当に慣れているなぁ」

「失礼ね。じゃ、やめるわよ」

強気に出た。竹内が色をなして慌てた。

「いや。いや、いや……」

「一昨日は、それだけだったんだぁ」

話題をそこに戻した。さも親切でそう言っている体で言った。

「あぁ。二号車も早朝と夕方に出動しただけだ……一昨日は平穏な一日だったな」

美菜は思わず声を上げげそうになった。

一昨日の早朝と夕方に、もう一台の救急車は出動したと……まさか……大泉進次郎議員の事故現場と綾瀬静香の拉致現場にいたのは、どちらもナンバーから偽装車と判明している。

早朝と夕方にこの署から出動していた？　軽く混乱した。

明田に至急連絡せねばなるまい。

「早朝や深夜の稼働もあるんだから、本当に大変ですね」

「あぁ、だけど、一昨日の二号車の早朝出動は、例によってわがままなお年寄りによるコールだったそうだ。人形町のマンションに着いてみると、呼んだ本人が歩いて出てきたので、搬送を断って帰ってきた。貴重な時間を無駄にされたと隊員たちは怒っていたな……夕方は給油に出ただけだ。救急車は常に満タンしている必要があるからこまめにガソリンスタンドに行くんだ」

——なるほど……。

しかし、それならなぜ、警視庁の問い合わせに関して、この署は当該時間の出動はないと答えたのだ？　大きな疑問が残った。

「一昨日の夜、竹内さん、宿直隊長でした？」

宿直の隊長が外部の連絡を受けることになっている。

「いいや。一昨日の担当は北野さんだよ。一個上の先輩」

その男が電話を取ったことになる。

このまま竹内を放置して、すぐに明田に報せたいが、そうもいかない。なにより美菜自身が発情していた。

——取りあえず挿入するっきゃない。

美菜は一気に尻を下ろした。ずんぐりとした肉茎が、猛烈な勢いで膣層の中に潜り込んできた。

「おぉおお」

竹内が目を剝いた。黒目の奥に歓喜と戸惑いの色が見える。

——すぐ出していいからっ。

美菜はフルスピードで、尻を上下させた。

「おぉおお、無茶するな。あのな、その前の日は、茅場町で急性盲腸炎が出て……そのあと銀座のホステスが急性アルコール中毒で……わっ、わっ」

もういい。こうも喋り続けられては、自分が集中できない。美菜は竹内の口を塞ぐように、キスをした。舌を絡めながら、尻はさらに激しく振る。ぬぽっ、ぬぽっ、と肉が擦れる音を立てて、高速ピストンをした。

「おぁああ」

十秒ほどで、竹内が雄叫びを上げ、美菜の膣の中に、夥しい量の精汁が噴き上がった。

3

東山美菜が消防車でセックスをしていたのと同じ時刻、秋川涼子は、赤坂にある東都建設の本社役員室を訪れていた。

「『朝陽警備保障』の秋川涼子です」

実在する警備会社の覆面を被ってきた。朝陽警備保障は警視庁と全国の県警のアンダーカバー専用の会社である。

警察庁は、警察官が民間人に化けて潜入捜査をする場合に備えて、カバー会社を二十社ほど持っているのだそうだ。

もちろんその実態は警察の中でも極秘扱いで、涼子も今回初めて知った。

テレビCMを見ていたので民間の会社だと自分も騙されていたのだ。

朝陽警備保障は本社を新宿に持ち、全国四十七都道府県すべてに支社があるという大企業である。

創業七十二年。戦後すぐに設立されたのだ。

各都道府県警察本部と連携しているのだから、全国展開の会社であることは当然と言えば当然だった。

涼子はこの会社の社員に化けた。

入社七年目の警備システムコンサルタントという肩書である。

朝陽警備保障は主に企業向けセキュリティシステムを販売し、警備員を派遣する会社である。

同時に警備上の事故が起こった際の原因究明や、警備システムの再構築をアドバイスすることもビジネスにしていた。

もちろん、これは口実である。

警察から見て、何らかの被疑はあるが、捜査する口実のない事案に対して、民間を装って調査するための会社だ。

東都建設の工事現場における一昨日の事故は人身事故に至らなかったため、渋谷南署としては、一定の報告書をあげただけで、それ以上の捜査は停止した。

故意によるものだという疑いを直ちにかける証拠はなかった。

事故そのものに対する検証は、国土建設省に委ねられる。

正式な調査委員会はこれから立ち上がるのだが、警視庁から国建省に事情を話して、調査委員の派遣をわずかばかり遅らせてくれるよう、依頼した。

幸い、死亡事故ではなかったため、国建省は二週間だけ猶予をくれた。

課長の明田真子は、さらに大胆な発想を取り入れた。

朝陽警備は「国建省の事故調査委員会からの事前調査の委託を受けた」という、とんでもない口実を作ったのだ。

東都建設は受け入れざるを得なかった。

「どうも高平(たかひら)です。このたびはお世話になります」

涼子が応接ソファに腰を下ろすと、銀髪に縁なし眼鏡の中年男が名刺を差しだしてきた。総務担当取締役高平保儀(やすよし)とある。

「国土建設省の調査に先立ち、わが社が、基本的な先行調査をいたします。ご協力ください」

「何卒(なにとぞ)、お手柔らかにお願いいたします。朝警さんの調査で、ある程度結論が得られれば、国建省の調査は入らないと聞いております……」

「そういうことになります。車検整備を請け負う、自動車修理工場だと思っていただければ結構です」

事前に設定された通りのセリフを告げた。高平が目を細めた。涼子は直ちに切り出した。

「御社としては、事故原因はどこにあったとお考えでしょうか」

まずはこの会社の自己認識がどのようなものか確認する。

「部外者が建設現場に入ったとしか考えられません。警備に抜かりがあった点は認めますが、工事機材の安全性にはきちんと配慮しておりました」

高平としては、工事現場の安全対策そのものにはミスがなかったというスタンスを取りたいのだろう。

外部犯行説。

そこに落ち着かせたいというわけだ。ますます怪しい。通常は、不可抗力の事故を装いたいものだ。

涼子は慎重に会話を進めた。

「しかし、現場には昼夜を問わず警備員が常駐していらしたんですよね。御社は社内に警備部もお持ちのようで……」

涼子はタブレットを見ながら伝えた。東都建設は外部の警備会社に委託することなく、自社で警備員を保有していると調書にある。

「自前の警備部を持っているというと、聞こえはいいのですが、実はうちの警備員というのは、ほとんどが定年後の雇用延長者でして、専門家ではないんですよ。つまり、現場にいても、プレハブ小屋でトラックの出入りを見守っていたり、作業員が帰った夕方以降は、三時間に一度、懐中電灯を持って現場を一周するだけです」

「それは簡単すぎますね。その方たちは警備員としての研修とかは受けているのでしょうか？」

「はい、一応。定年退職した直後に、一週間だけ警備会社の研修に行ってもらい、帰ってきたらすぐに警備部勤務です。研修と言ってもほとんどが防災対策ですね」

「消火器の扱い方を覚えただけで、警備員とするのは無茶ですね」

涼子はあえて掛けてきた黒ぶちの眼鏡を額に乗せて、腕を組んで見せた。

そんなことではどうしようもない、という態度の強調である。

高平は渋面を作った。

「と言いますけどね。建設現場なんてものは、泥棒が来るようなところじゃありません。作業員が帰った後などは、普通の人間には用のないところです。警備員の役目なんて、防災しかありませんよ。心配事と言えば火の始末だけで、特別、気を配ることなんてありません。機密書類とかホストコンピューターが置いてあるわけじゃないんですから」

「でも、高平さんが仰るには、外部から侵入者が入ってしまったということですよね」

涼子が質すと、高平は額に浮いた汗をハンカチで拭きはじめた。

「それは間違いありません。誰かが五階の現場から、鉄柱を押すか、蹴るかしない限り、自然に落ちるようなことはありませんよ。秋川さん、どうかその線でまとめてくれませんか……」

高平はじっとりとした視線を向けてきた。

「朝陽警備さんに、今後十年間、当社の警備をお任せしたいと思います。建設現場すべてです。最初の二年で実績を積んでいただけましたら、この赤坂の本社もお任せしたいと思います。どうですか、ビジネスとしては悪くないのではないでしょうか。システムの構築から警備員の派遣まですべてお願いします。ですので、今回は、警備に手落ちがあったという線でまとめてもらえないでしょうか」

高平の視線が涼子の顔から、徐々に下に降りてくる。バストをじっくりと眺められ、それからしっかり閉じた両膝の間に落ちてきた。涼子はあわてて、太腿を寄せ合わせた。

「とりあえず、現場の監視カメラの映像を見せていただけますか」

涼子は高平の申し出を肯定も否定もしなかった。

「工事の安全性そのものにかかわる結果が出ると、うちとしては困るんですよ。固定器具が金属疲労していたとか、置いてはならない位置に鉄柱を放置していたなどとなると、これは大変な問題となります。過失責任も問われるでしょう。国建省にそうした結論を出されると、わが社は当面、公共事業の入札に参加出来なくなります」

高平は涼子のスカートの奥を覗き込みながら言っている。

「警備が万全ではなかったから、侵入者が入って、うっかり鉄柱を蹴飛ばしたらしい……そういうことにして欲しいと？」

涼子は訊いた。

「はい、ですからその交換条件として、今後は御社に警備を全面委託するということで、まとめてもらえないでしょうかね……御社がそういう報告をまとめれば、国建省も追認するかと……」

高平は先を読んでいる。

涼子が来る前に、すでに対応策を練っていたのだろう。

実際には被害者は誰もいないのだから、事後対策を万全にすることで、まとめられると見込んでいるのだ。

涼子はタブレットの画面を高平には見えないように手元に掲げた。

東都建設の会社案内を引き、顧問弁護士の項目をピンチアウトした。

帝国中央法律事務所。

永田町にある老舗法律事務所だった。

法律事務所にして、政官界へのロビー活動を行うことでも名を馳せている事務所だ。さりげなく明田にメールを打った。

高平にタブレットの操作内容を気づかれないように、少し股を開いた。奥の奥まで見えるか、見えないか、ぎりぎりの辺りまで広げた。

明田からすぐに返事が入った。

【相手のペースに乗ったふりをして、より深い情報を。監視カメラの映像はすでに操作されていると思うから、現場の聞き込みをして】

【了解しました】

返事を打って、脚をピタリと閉じた。

「なんらかの『物語』をねつ造するにしても、私だけは、一応核心を知っていなければなりません。まずは、一昨日午前六時前後の映像をすべての角度から検証させてください」

「わかりました。渋谷南署に提出したもののコピーがあります。セキュリティ管理室にご案内します」

　高平が立ち上がった。

4

　東都建設のセキュリティ管理室は、最上階の二十四階にあった。

　高平が扉の前の顔認証装置に顔を向ける。光が放たれる。認証装置の真下にあるLEDが緑色を示し、扉が開く。

　高平に肩を抱かれて、涼子も中に入った。

　いきなり肩を抱かれるとは思わなかったので、涼子は身体を硬直させた。

　扉は二重になっていた。

　扉と扉の間に一畳分ほどのスペースがある。天井から眩しいほどの光が降っていた。

「このライトの下に立つと、中のモニターには、衣服の中まで透けて見えるんです。恥ずかしいのですが、保安上仕方ありあせん……この中には当社の最高機密が詰まっていますので、入室した者が最初に何を持っていたか。出るときに何か持ち出していないか、隅々まで透かして見るんです」

　高平は平然と言ってのけた。

「透けている映像は、どんな人が見ているのですか？」

「ご安心ください。秋川さんをお連れすることになっているので、本日の扉のモニター係は女性です。僕はちょっと恥ずかしいですがね」

高平は股間を押さえた。どこまで透けるんだ？

涼子も同じように、股間を押さえた。スカートなので、股のカーブをすっぽりは包み込めない。

とりあえず陰毛が映らなければ、良しとする。

天井から、いきなり光のシャワーが降ってきた。眩しくて目が眩む。

三秒ほどだった。

先の扉の脇にあるＬＥＤが赤から緑に変わり、ロックがガチャリとはずれる音がした。

「ＯＫです。どうぞ」

高平に促され、涼子は扉の先に進んだ。

扉の先には警視庁交通センターのような部屋があった。

壁一面に取り付けられたモニターを紺色の制服を着た係官十人ぐらいで監視していた。一階の正面玄関エントランスや各階の廊下が映されている。

「仕事場の様子は撮影していないんです。社員のプライバシーを侵害することになりますから」

高平がそう言って笑った。涼子は信じたふりをした。消えているモニターがたくさんある。おそらく秘密裏に社員の仕事ぶりも監視しているに違いない。

二台のＰＣモニターの画面をじっと見ている社員もいた。

「あれは、社員の目の前にあるＰＣのデータ管理チェックです。別に私用メールをしている者がいないかなどとチェックしているわけではありません」

「しかし、メールの送受信などは管理できているということですね」

社用ＰＣにおいても、社員個人の通信の秘密は守られなければならないはずだ。

「たしかに、その気になれば送受信した相手のアドレスは把握出来ますが、それはいちいちチェックしません。当社は法令を遵守しています。ただ当社がクリアランスをはかっていないＵＳＢメモリーなどが接続された場合は、すぐわかるようになっています」

高平が涼子の表情を窺っている。牽制球だ。

「それは当然の措置ですね。社員の方も、機密情報を持ち帰るのは不法です」

涼子は言ってのけた。

セキュリティ体制に関しては相当力を入れている企業に見える。

本社ではこれほどの慎重になっていながら、建設現場では杜撰な管理だったのが、むしろ腑に落ちない。

「では、あちらに、一昨日の現場から回収してきましたレコーダーがありますからどうぞ」

セキュリティ部員の背中を見ながら通路を進むと、突き当たりにまた扉があった。

扉には小窓がついていた。

外から涼子の様子を監視できるわけだ。

室内に通される。少人数で使用するカラオケボックスのような部屋だった。

「おかけください。そこにあるＨＤＤを目の前の液晶モニターに繋いであります。合計六台のカメラで撮影されたものが、建設開始時点からそのまま入っています。時間がかかると思いますが、じっくりと検分ください。私は外でお待ちしています」

高平はそう言って出ていった。

女性係員と談笑しながら、小窓の視界から消えていく。

涼子はソファに浅く座り、テーブルの上のＨＤＤ機材を作動させた。

目の前の大型液晶画面に、六コマに分かれた映像が映し出される。

六か月前の日付になっていたので、うんざりした。

ビルはまだ現在のような状態になっていない。

基礎工事の場面から始まっていた。掘削機のようなものが稼働して、あたりを掘っている。

　涼子は早送りした。

　ひたすら送ったが、ところどころ止めて、観察したい部分もあった。

　作業員の働きぶりを見る。日中の作業員たちは、誰もが真剣そのものの顔つきで働いている。

　現場の高度が上がるほどに、当然、その表情に緊張感が増す。

　クレーンで鉄骨をあげ、それを上層階で受け取る作業員などは、まさにアクロバティックな態勢である。

　男たちの活躍に涼子は、しばし見惚(みと)れた。

　ところが……。

　さらに早送りをして、涼子は思わず息を詰めた。

　股間の粘膜がじゅわっ、と濡れるような画面に出くわしたのだ。

　それは何か所もあった。

　最初のその画面に出くわしたのは、三か月前のまだ肌寒い時期の真夜中だった。

　黒のコートを着たＯＬ風の女が、剝き出しの鉄骨の柱に両手を突き、背後から男の逸物(いちもつ)を受け容れていた。

　タイムレコーダーは午前一時を示している。

寒い季節とあって女の吐く息が白く映っていた。画面には白く映っているが、涼子の脳には桃色の息吹が吹き込まれてくる。

映像の真贋が問われるところだ。

涼子は注意深く観察した。

女のコートとその下のスカートは捲られ、真っ白い尻が揺れている。無音なのが、余計に現場の臨場感を伝えていた。

鉄柱を抱いて、肉柱を打ち込まれている女は、口を大きく開けていた。喘いでいるのだと推測できる。その表情は艶めかしかった。

涼子は自らの肩を抱きしめた。身体中が熱を帯びているのがわかった。唇がやたらに渇く。

股を少し開かなければ、息苦しくて仕方がない。

気をそらそうと、映像の矛盾を探した。なにか仕掛けがありそうだ。

実際のドキュメントなのか。それともフェイクなのか。

涼子は目を凝らした。

男のほうもスーツのズボンとトランクスを足首のあたりまで下ろし、尻を激しく振りたて、女の中心を穿っていた。

ひとつの掘削作業……。

『あぁあ、いくっ』

実際には聞こえないが、女がそう叫んだように見えた。

女の背中に、男ががくりと顎を落とした。

射精したか……。涼子は自分の膣に射精された錯覚を得た。

完全に欲情させられ、冷静でいられなくなった。必死で気持ちを抑えた。

この部屋も監視カメラで覗かれているのはわかっている。液晶モニターのすぐ後ろの壁と天井に、小さなレンズが埋め込まれているのは先刻承知だ。

火照る身体を宥めながら、先を急いだ。

その後も、建設現場での青姦シーンはいくつもあった。

ときには、作業のない日の夕刻に、女子大生らしき女がひとりで入り込み、防犯カメラに向かってオナニーをしている姿もあった。

どういう気持ちで、そういうことがしたくなったのか、涼子には想像もできないが、女子大生風の女は廃墟のようなコンクリートの上で、ガニ股になり、ひたすら、バストとおまんこをいじっていた。

「参ったわ。この映像」

涼子はひとりごちた。

太腿の奥が濡れてきて、白のパンティの股布が割れ目に食い込むのがわかった。肉襞が股布の脇から溢れ出てしまいそうだ。

おかげで映像の真贋を見極める冷静さを欠いた。

判断しかねた。

これが東都建設の罠だとしたら、下品だが、人間の本能に訴求する効果的な作戦である。

真贋は渋谷南署の鑑識課に委ねよう。

そして、ようやく一昨日の午前六時頃に到達した。

六時八分三十二秒の映像に涼子の目は釘付けになった。

六階部分から鉄のポールが落ちていく。急に胸が高鳴った。涼子はストップモーションをかけ、身体をせり出してそのワイプを覗いた。

隅に小さなハイヒールが見える。

赤い色だ。

鉄骨の上に置いてあったポールをピンヒールで蹴っていた。偶然のように見える。

この日もどこぞのカップルが入り込んだのか。

それから三秒後に、鉄骨が落ちた。

今度はひとつ下の五階からだった。比較的軽量そうな鉄骨が、梁の上からごろりと落ちていく。横倒しに置かれていたものが、まるで突風にでも吹かれて押されたように転がったのだ。

誰の姿も見えない。

そのシーンを三十回ほど確認した。さらには同タイミングの他の映像も確認した。人の気配はない。

赤いハイヒールの人物。おそらく女だろう。女装の可能性も捨てがたいが、とにかく誰かがいたと推測していいだろう。

その日の作業が終わった時間から、再度確認する。侵入者ならば、どこかのカメラに痕跡があるのではないか。

いない。どこにも入ってきた形跡がない。

それから、警備員があちこちに映り出した。しかし、女もしくは赤いハイヒールを履いた誰かが、外に逃げた気配もなかった。

もしも意図的に大泉進次郎めがけて、落としたのだとしたら、この犯人は外に出ていない。

しばらく内部にいた。そういうことになる。

しかしその推理は、すぐに破綻した。カメラの設置場所を図面で確認したところ、死角だらけだった。この映像に映っていない角度から、いくらでも侵入でき、脱出も可能だった。

――意味ないわ。

渋谷南署が踏み込めなかったわけである。

涼子は気色ばみ、立ち上がった。

部屋を出て深呼吸した。やおら高平が別室から出てきた。その別室で涼子の動きを監視していたのは間違いない。

「どうですか。専門家のご意見を聞かせてください」

「赤いハイヒールが気になりますね」

「そうでしょう。私たちも、そこに注目しています。ご覧になっておわかりになったと思いますが、建設現場には不謹慎な輩がよく入ってきているんです。こちらとしても、安全上、出入りは厳しくしているのですが、所詮コンクリートと鉄骨の現場なので、警備員の気持ちも緩んだものと……これはやはり一定の処罰は受けることになりそうですが、なにぶん良い落としどころをお願いしたいです」

高平は、あくまで見知らぬ闖入者のせいにするもつもりだ。

故意ではないという心証さえ得ればよいと考えているに違いない。

――これはクロだ。

あまりにも計算され過ぎている。事故として責任を取る態勢が整い過ぎている。

「当社に受注くださるのなら、国建省への対策を立てます。ただし、当日の現場にいた警備員さんに、お話を伺いたいのですが」

涼子がタブレットを開きながら、さりげなく言うと、高平は渋面を作った。

「今日はすでに帰宅させてしまっています。明日ならば……」

「わかりました。では明日の朝一番にでも……」

「総務部に、そのように手配させておきます。それより、今日は、秋川さんに一席設けています」

「私に？　業務委託をいただくのは、当社の方ですけれど」

涼子は笑顔を作った。

「いやいや、御社にはお願いしたいことも山ほどありますし」

狐（きつね）が尻尾を振り出した気配だ。涼子は狸（たぬき）になる覚悟をした。

「それでは遠慮なく、ご馳走になります」

「はい、それと、今夜は施主もお出（い）でになります」

「たしか、藤堂第一不動産さんですよね」

バブル期に地上げで名を馳せた有名不動産会社だ。ビルの施主であることは知っていたが、本事案では施工を請け負った東都建設の管理下のもとで起こったことなので、施主の調査は後回しになっている。

政治的影響力も持つ企業なので、慎重に対応しなければならない。

「ええ、営業部長がぜひご一緒したいと」

「わかりました。私も完成後のセキュリティシステムも、ぜひ当社にご依頼していただきたいと思いますので」

「ぜひ、そんな営業もなさってください」

狐がもう一匹出てくるらしい。涼子はその旨、明田真子に報告メールを打った。

5

夕刻。中橋消防署駐車場。

東山美菜は、こっそり大型ポンプ車の裏でオナニーをしていた。

スカートを捲りあげ、パンストとその内側のパンティに手を突っ込んでいた。指でヌルヌルの粘膜を掻き回す。

――ぁあ、気持ちいいっ。

昼間の竹内徹とのセックスがせわしすぎて、充分な快感を得ることが出来なかったのだ。

イライラのしっぱなしだった。

それにも拘(かか)わらず、この時間まで、オナニーよりも優先せねばならない任務が立て続けにあったのだから、身体は淫気で沸騰していた。

万の虫が蠢いている肉孔に人差し指を挿し込んで、クルンクルンとかき回しながら、午後の一連の流れを思い返していた。

オナニーをすると、脳が鮮明になってくる。

「あぁあ」

まずは、明田真子に連絡を入れ報告した。

一昨日の早朝、中橋消防署の救急車が出動していた事実を伝えると、明田真子は驚愕した。

『うそぉお』

と叫んだ声がなぜか悩ましかった。

美菜はいつか課長である明田真子のクリトリスを舐めてみたいと思っている。そういう性癖も美菜は持っている。

きっと、先ほどのような裏返った声で『うそぉお』と叫ぶことだろう。

チュウチュウと吸ってあげたい。

そんなことを考えながら、美菜は猛烈に秘孔の中を掻き回した。膣壁を抉るように摩擦する。

「あぁあ……一回昇くっ」

ぜいぜいと荒い息を吐いていた。

まだ顔が火照っている。

——もっとオナニーしよっ。

本当に現場に中橋消防署の救急車が出動していたとなると、その二号救急車はナンバープレートだけを偽造した可能性がある。

Nシステムでも、現場から走り去った救急車を、まだ捕捉出来ていないというのも釈然としない。

『救急車は特殊な道を走ったということが考えられるわ』

明田真子はそうも言った。

明田の声を思い出すと、また燃える。

キャリアのおまんこ見てみたい。

単純にそういう思いもあった。

いや、その辺のことはどうでもいい。

この消防署内に、何らかの形で事件の協力者がいるという可能性が濃くなった。

まずは二号救急車が怪しいということになる。

美菜は竹内とのセックスを終えた後、二号救急車について調査しようとしたが、とうとう、この時間までチャンスはなかった。

午後から先輩女性消防官と行動を共にさせられてしまったのだ。

三十二歳の消防士長深井恭子について、パトロール研修をした。

所轄管内のあちこちを案内された。

ビルがほとんどだが、ところどころに、戦前からの木造住宅もあった。それがこの界隈の特徴だという。

「七十年前の空襲でも燃えずに残ったのですから、失火で焼けることだけは避けないとね。重点的にこうした家々を見回っているのよ」

恭子がそう教えてくれた。

バストが九十センチほどありそうな士長だった。

――あのバスト、指でつんつんしてみたい。

帰署してからは、恭子にさらに業務日誌のつけ方を教わった。

おかげでなかなかオナニーする間がなかったのだ。

点検したいと思っていた二号救急車も、この間、出動を繰り返していたので、確認することはかなわなかった。

そして夕方五時。美菜は任務終了を言い渡された。

「明日は管内の大型ビルの防災訓練に参加しますから、遅刻しないでね」

恭子からそう命じられていたが、美菜としては明日の防災訓練よりも、いまは燃え

盛っているおまんこの消火のほうが先決だった、

「あぁぁ、いいっ」

気が付くと、おまんこの上で指を三本、バラバラに動かしていた。

親指で肉芽を押し、中指を秘孔に押し込んだ
真ん中の人差し指で花心を擽り、じわじわと自分を追い込んでいく。

「くわぁああ」

口を半開きして、思わず後頭部を真っ赤なポンプ車に押しつけてしまう。

乳首も疼いてしかたがなかったが、バストを晒すのは危険であった。

いつ緊急発進があるかわからないのが消防署だ。

火災発生のブザーが鳴ると、二階で待機している隊員たちが、鉄柱を使ってこの駐車場へと急降下してくるらしい。

それはまずい。

上半身は脱がずに、上着の上から手のひらで左右の乳房を交互に揉んだ。

それだけでも、眩暈がするほどの快感に襲われる。淫気の溜まりようが半端ないということだ。

美菜はオナニーをしながら二号救急車が戻ってくるのを待った。

二号救急車は、一時間前に出動したままだ。

南日本橋のオフィスで心筋梗塞を起こした四十歳の男性社員を搬送しているはずだった。

搬送先の病院がすぐに決まれば、早期に帰署するはずだが、なかなか決まらないのが、実態らしい。

――だから、ゆっくりオナニーしていていいというわけではない。

美菜は極点へ向かう快楽階段を急いで登ることにした。

三点責めを中断し、ヌルヌルになった三本の指をクリトリスに集めて、執拗に擦った。

「あぁああっ」

身体がふらついた。昇天しそうで、しない、際どい感覚に包まれながら、美菜は手と同時に腰も振った。

クリトリスが破裂しそうなほどに膨張してきた。

さきほど触った竹内の乳首と同じぐらいの大きさに腫(は)れあがっている。さらに摩擦の速度を上げた。

「あぁんっ」

ポンプ車に背中を押し付けながら、美菜はのたうち回った。

「いくぅううう」

額に汗が噴き出した。逆に唇が渇く。

「あぁああ」

昇天しているのに、美菜はまだ指の動きを止められなかった。もっともっと強い刺激が欲しい。極点中の極点を迎えたかった。もはやオナニー中毒なのかもしれない。

この魅力に憑かれた女にしかわからない、極点を越えた快楽というポイントがある。

セックスでは絶対に味わえない絶頂感だ。

もっといきたいっ。

「あぁああぁ」

大きな波が来た。絶叫したくなる。美菜は片手で自分の口を押さえた。声を殺して、首を何度も振りながら、達した。ついにもっと高いところまで上り詰めた。

がくんと膝を折った。ボクシングで猛烈なボディブローを食らった選手のように、膝から崩れ落ちた。利き手はまだショーツの中に入ったままだった。

ぜいぜいと息を吐き、呼吸が正常になるのを待った。

三分ほどして、ようやく息が整い出した。

「あぁああん」

どこからか自分とは違う女の嬌声が聞こえた。

えっ？　美菜はあたりを見回した。耳を澄ます。

「あっ、いやんっ、北野さん、恭子のおまんちょ、めちゃくちゃにしてくださいっ」

深井恭子か？

もうひとりは北野？

昼に竹内から聞いた名前だった。一昨日の宿直担当だ。

美菜は急いで声の聞こえる方向を探した。ポンプ車の向こう側、梯子車の運転席の方だ。四時間ほど前に、美菜が竹内と交わった梯子車の運転席。そこから声が聞こえてくる。

あそこって、ひょっとして、エッチ専用席？

消防車の出動率というのは、高くない。たいがいは駐車したままだ。警察の装甲車と立場が似ている。重要だが年がら年中出動していたら、国が混乱しているということになる。

いまは自分が混乱していた。

しわくちゃになったスカートの前を下ろして、息を詰めて梯子車の方に向かった。

「あぁっ。いいっ。わかりましたっ、ナンバープレートのことは黙っていますからっ」

恭子の声が大きくなった。

「ばかっ。そのことを口にするんじゃないっ」

北野と呼ばれた男の声がする。パズルのピースが引き寄せられてきた感じだ。偽造ナンバープレートについて、このふたりはなんらかの関わりがあるらしい。今後、重点的にふたりを観察する必要がある。

「あぁああ、そんなに、一気にズコバコしないでください」

恭子が絶叫している。

先ほど一緒に管区内パトロールをしていたときの冷静沈着な印象とは異なる、淫らな声だ。

この場を離れて、明日からふたりを重点観察した方が得策なのだが、どうしても、覗いて見たくなった。

これは単なる好奇心だ。他人の性交を覗くことは、明日のオナニーの糧になる。巨乳の深井恭子の生乳も見たかった。

美菜は梯子車の運転席の背後に小さな窓が取り付けられているのを覚えていた。運転手が梯子を上げるときに後方を確認しやすいように付けられていると竹内から教えられていた。

梯子車の後方から這いあがった。荷台の上に畳まれた梯子が搭載されている。これは二十メートルまで伸びるのだそうだ。

梯子の脇を忍び足で進んだ。複雑な構造だった。梯子の他にも様々な機材が積んである。

美菜はふと立ち止まり、梯子の真下にある巨大な円筒状の機材を認めた。

——なんだこれ？

巨大なバイブレーターのような形をしている。いやこれはバイブではなくドリルだ。

消防車はすべて個別にカスタマイズされているというから、この中橋消防署独自に使用する「何か」であろう。

形が形だけに妙な気分になった。

——どこかを掘るの？

美菜は股間を押さえた。

——ここを掘るには大きすぎる。

バカなことを考えながら、スマホを取り出し撮影した。すぐに明田に送る。

メール送信をすますと美菜は前進した。窓の前に着いた。顔の半分だけを出して覗く。

——わっ。

真下で深井恭子が組み敷かれていた。正常位。ふたりとも真っ裸だった。まさに大胆不敵だ。恭子は両足首を北野という男の肩に担がれた状態で、ものの見事に貫かれていた。言葉通りズコバコされていた。

北野は背中しか見えないが、玉のような汗を噴き上げていた。

恭子は頭を反らせ、目を瞑っている。セミロングの髪の毛が乱れ、片頬にべったりと貼り付いている。

美菜は慎重に小窓の隅に顔の半分を付けて、慎重に覗いた。

接合点が見えた。

——うわぁ～、ぐちゃぐちゃ。

北野の肉の円筒が、恭子の楕円形の泥濘にガツン、ガツンと打ち込まれていた。

打ち込まれるたびに、とろ蜜の飛沫が上がる。

美菜は全身を強張らせた。自分の身体のすべての粘膜がざわめきだす。またオナニーしたくてしょうがなくなる。

覗きには3Pや乱交とは違う興奮があった。

相手が「見せる」つもりでやっていないからだ。そのぶん生々しい。

交通課時代、駐禁のキップを貼り付けようとしたところ、その車内でセックスをしているカップルを見たことがある。実は何度もある。性活安全課ではないので、猥褻物陳列罪は取らない。そのぶん、じっくり覗いていた。

生々しいカーセックスの淫景は、何十回というオナニーの糧になった。

いまも、激しく土手を打ち付け合っている恭子と北野の様子を見ていると、自分の粘処をまた掻き回したくなるが、どうにか堪えた。

——いじったら、負けだ。

なんだか、そんな気がしたからだ。

興奮しながら覗いていると、スマホがバイブした。股間にあてがいたくなる気持ちを抑えて、液晶を覗くと明田真子からのメッセージが入っていた。

【その機材、断面掘削機らしいけど……消防車に設置している例はないわ。おかしい。そこの他の車も調べて】

断面掘削機？　火災現場でコンクリートでも打ち破るためだろうか。

ちょうどそこに二号救急車が戻ってきた。梯子車に乗っているところを発見されたら厄介だ。美菜は後退(あとずさ)りして、最後尾から降りた。

「お疲れさまでしたぁ」

さも今出てきたように、駐車場の壁際に立ち、降車してきた救急隊員たちにあいさつした。

「どうもっ、お疲れさまっ」

三名の隊員が笑顔で敬礼を返してくれる。救急車は隊長、隊員、運転士の三名で構成されるのだそうだ。

美菜はこの二号救急車の男たちの顔をしっかり覚えた。

明日にでも、盗撮する。そして大泉進次郎に面通しをしてもらうのだ。

美菜はいったん帰宅するふりをして、近くのカフェで軽い夕食を摂り、三時間ほどで中橋消防署に戻った。

午後九時。日が暮れて、隊員も宿直組しかいなくなったはずだ。

消防署は警察同様、二十四時間営業である。しかも駐車場のシャッターが下ろされることはない。

二号救急車が駐車していた。

誰もいなかった。

美菜はナンバープレートを覗いた。ナンバーを囲むフレームを調べる。想像通り、フレームの四方には上から、もう一枚滑り込ませることができる溝があった。

——やばいね。これ。

周囲を見回し、後部のドアを引いた。いちいち鍵は掛けられていない。緊急時に手間取らないためらしい。

中を覗いた。誰かに見咎められたら、単に興味があったからと言い訳するつもりだ。

車内にはストレッチャーが置かれ、固定用のベルトが垂れていた。

なるほど救急車というのは拉致監禁に都合がいい。押し込んで、ストレッチャーに乗せてベルトで固定してしまえばいいのだ。叫び声を押さえるための酸素吸入マスクもある。

　これで攫われたら、やばい。

　サイレンを鳴らしたら、信号無視だって可能だ。

　ただし綾瀬静香がこの救急車に乗せられたという確固たる証拠はどこにもなかった。

　明日からじっくり調査する必要がある。

　二分ほどで退出した。そのまま外に出た。ある程度の手応えを得たので、長居は無用だった。明日からも、研修に来たちょっとエッチな女性警察官を演じ続けよう。

　日本橋川に沿って湊橋の方へ歩いた。オフィス街ではあるが、居酒屋やビストロもある通りだった。初夏の夜風を吸い込みながら歩いた。すぐに尾行されていることに気づいた。

　中橋消防署のはす向かいにあるカフェを通り過ぎた直後、そのカフェからふたりの男が出てきた。背中に強い視線を感じた。美菜は、視界の悪い交差点に取り付けられた、大型ミラーを覗いた。

　ふたりはボストンバッグを持っている。夏だというのに、ふたりとも黒革の手袋をしていた。堅気ではなそうだった。

　美菜はいきなり走った。

　尾行者は驚いたようだ。走りながら美菜が振り向くと、男たちも地面を蹴り上げて、追走しようとしていたが、その表情は逡巡している。

辺りにはまだ多くの人間がいるのだ。

走って逃げる人間を、それと悟られずに追尾するのはかなり難しい。警察官だから知っていることだ。

美菜は一気に走って、南日本橋警察に飛び込んだ。

「どうもっ、警視庁警備九課の東山ですっ。トイレ貸してください」

警察官という仲間が二百人いる場所ほど心強いところはない。

6

赤坂の料亭「竹乃井」。

四人用の個室に三人で入っていた。

涼子は床の間を背にした上座に座らされていた。くすぐったい思いだ。

手の込んだ京懐石が順に続き、明石天然鯛の焼き物でクライマックスを迎えていた。

「美味しいです」

久しぶりの冷酒に頬を染めた涼子が、笑顔で答えた。

「そう言っていただければ、お連れした甲斐があります」

高平も赤くなった首筋を掻いている。

隣に藤堂第一不動産の営業部長、遠藤勇三が座っている。高平と同じ五十がらみの禿げ頭の男だ。

遠藤は席に着いた直後こそ深々と頭を下げたが、その後は慣れ慣れしい口調であった。

施主ではあるが、工事自体に責任を持っているわけではないと弁明し、事故のおかげで、イメージダウンを食らっていると、ここまで高平に苦言を呈し続けている。そのたびに高平が恐縮し、詫びを入れていた。

気持ちはわかる。

しかし、この席でする話ではないだろうと、涼子は思った。

遠藤と高平が芝居をしているようにも思える。

自分の覆面名義がはがされているのではないかと、涼子の背筋には何度も冷たい汗が流れた。

明石鯛を平らげた遠藤が、言わずもがなという様子で「頼むよ……秋川さん、適当にでっちあげて」と言い放ってきた。

涼子は目をしばたいて「はぁ」と答えた。

あからさますぎる。

罠かもしれなかった。

遠藤がおしぼりで唇を拭った。やおら、背中側から紙袋を取り出し、テーブルの脇から涼子のほうへと押しやってきた。

赤坂に本店がある有名な羊羹店の紙袋であった。

涼子は紙袋の中に視線を送った。濃紫の袱紗に包まれた長方形の物体がある。札束にして三百万。直感でそのぐらいと見た。

相手が国建省の人間なら、これだけで贈賄が成立するだろう。

涼子は思案した。

フランスならば、民間人同士でも、贈収賄罪が成立する事項だ。

涼子は半年前の「絶頂作戦」のことを思いだした。

東京オリンピックの招致に関して、フランス検事局は自国に居住する国際陸上連盟の会長を贈賄容疑で立件していた。

最大の疑惑はシンガポールのコンサルタント会社に日本の広告代理店が顧問料を支払った件だった。

これは日本で贈収賄にはならない。コンサルタント会社も広告代理店も民間同士だからである。

日本ではリベートも商取引の一部として認められているのだ。江戸時代から続く商慣習を守る珍しい国と言われればそれまでだ。

だからと言って、涼子はここでこの金を受け取るわけにはいかない。

後々、違法捜査の証拠となって、公判の維持が困難になるだけだ。

「遠藤さんのご要望は承知しました。ただし、ここでは、これ、受け取れません」

涼子は空とぼけた。

「我々とは、そう簡単に組めないと？」

遠藤が頬をわずかに膨らませ、酒臭い息を吐いた。

「そうではありません。この紙袋をいただくには、それ相応の段取りがいるということです」

愁眉を開いて伝える。こちらも鎌を掛けることにする。

「段取り？」

今度は高平が怪訝な顔を見せた。

「調査結果を捏造し、国土建設省の調査委員会も丸め込むには、当社としても、チームを組まなければなりません」

さすがに捏造という言葉では声を潜めた。警察官が使う言葉ではない。

「チーム？」

遠藤が濁った眼を泳がせた。

「そうです。ありとあらゆる方向から検討して破れ目のない報告書を作らなければなりません。そしてそれを裏付ける工作も必要になります。社に戻って、しかるべき者と打ち合わせして、そのうえで、着手金をいただきにまいります。受け取るのは私ではありません。当社にはそういう係がおりますので」

言い終えたところで、襖の向こうから声がした。

「水菓子をお持ちいたしました」

仲居の声だ。すぐに襖が開いて、紺絣を着た、太めの仲居が入ってきた。五十歳ぐらい。色白で人のよさそうな顔をした仲居だった。胸襟に小さなネームプレートを付けていた。「初枝」とある。

仲居はまず涼子の前に皿を置いた。

白玉団子の胡麻餡添え。

美味しそうだった。

涼子は目の前の男たちふたりに置かれるのをいまかいまかと待った

早く食べたい。

遠藤と高平は、仲居が出ていくのを、苛立ちながら待っている様子だ。

「いただきます」

涼子は竹のフォークで白玉団子を刺し、胡麻餡に寄せた。たっぷり盛る。

「着手金……うまいことを言う」

遠藤が無造作に白玉団子を口に運んでいる。もっと餡子をつけたほうがいいのにと思った。

「うまいです」

涼子は言った。にやりと笑って見える。仮にこの場が録画されても、言質は何ひとつ取られていない。

「つまり、引き受けてくれるということだね」

「お客さまのご希望に叶うように行動するのが、セキュリティ会社の使命ですから……」

と一呼吸置き、涼子はスマホとタブレットを取り上げた。

「ちょっとだけ、席をはずさせていただきます。外で上司とメールのやり取りをさせていただきます」

あえて堂々と言ってみた。

ふたりは顔を見合わせた。どちらも返答に窮している。涼子はかまわず立ち上がった。遠藤が目を剝いた。

「あんた、妙なまねをするんじゃないよな」

鋭い視線を向けてきている。

「妙なまねとは？」

「あんた、官の犬じゃないのか……」

図星をさされた。

遠藤も堂々と返してきた。じっと涼子の瞳の奥を覗き込んでくる。涼子は平静を装った。無表情を装うのは警備警察官の得意技だった。

遠藤がこういう聞き方をするのは、確証はないからだろう。

ここは本当に狐と狸の化かし合いだ。

「セキュリティ会社は警察と連携しているのは。当然です。そういう意味では官の犬ですね。ですが警察と連携しているからこそ、先回りが出来るのですよ」

涼子は意味ありげに、片笑みを作って見せる。

「企業コンサルタントは、税務署の事情にも詳しいからこそ、節税のアドバイスが出来るんですよ。わが社には警察ＯＢも、霞が関の各省のＯＢもたくさんいます……」

実は現役がほとんどだとは言わない。

「なるほど……うまい表現をする。わかった、おたくのやり方に任せる」

言って遠藤が咳払いをした。

涼子は料亭の曲がりくねった廊下を歩いた。

政治家や財界の大物が使うことの多い料亭である。客同士が顔を合わせないために、あえて複雑な造りにしているらしい。

警備警察官として仕事をする際には最も厄介な物件で、防災上もよろしくないと思う。

ようやく玄関前の広いスペースに出た。

装飾品のように置いてあるソファにかけてタブレットをいじっていると、先ほど白玉団子を運んできた仲居が現れた。

――初枝さんだ。

「あら、お客さま。メールやお電話でしたらどうぞ、そこの角のお部屋をお使いください」

仲居がすぐ先に見える襖を指さした。

「ありとうございます」

四畳半の小部屋だった。秘書や運転手の控えの間らしい。

涼子はこの部屋の方が馴染んだ。

日ごろは都知事の警備担当者として、こうした部屋で待機していることの方が多いからだ。

明田真子とメールをやり取りした。

同僚の東山美菜が探っている中橋消防署の捜査状況を聞いた。

掘削機が登場しているらしい。

涼子も先ほどの防犯カメラの映像確認で、掘削機を見ていた。建築現場の基礎工事段階で掘削機が地中を掘っている様子だった。

どこかで繋がるような気がした。けれど消防署は何を掘るのだ？

東都建設と藤堂第一不動産については、聞いたままのことを報告した。明田は大胆な指示を出してきた。

【口封じとは、黒幕に近いということね。そうだとしたら、賄賂を受け取ってでも相手の中に飛び込んだほうがいいかも。不法な囮捜査なんて言っている暇はないわ。綾瀬静香さんの消息はまだはっきりしないし、大泉進次郎議員がまた狙われる可能性だってある。人命の前に順法も脱法もないから】

キャリアとは思えない現実的な指示だった。

涼子は受け取ったメールをすぐに消去して、戻る前にスマホを操作した。

座っていた座布団の下にマイクを仕掛けてきた。百円玉のマイクだ。見つかっても、ふたりには普通の硬貨にしか見えない。

重さも百円玉と同じグラム数に調整してある優れものだった。

ネコババしてくれたら、当分盗聴できる。イヤホンをセットして、スマホの画面上にある百円玉のアイコンを押した。

いきなり遠藤の声を飛びこんで来た。

『豊洲の水質調査、どうにかならんかな。ベンゼンの数値が下がればいいわけだろう』

豊洲？　自分が席を外している間に、一気にきな臭い話になっている。

『都庁側に手を回して、うちの関連の水質調査会社を指名してもらえるように、仕込んでいます』

高平が答えた。東都建設は水質や放射線濃度を調査する子会社「東都浄水」を関連会社として保有している。

『都庁の樋口（ひぐち）が都市建設局にうまく働きかけてくれればいいんだがな』

『樋口も必死でしょう。豊洲移転が流れて、築地に再建築となれば、とんでもないことが発覚してしまう……そうなれば、関わった人間、全員が破滅することになりますよ』

『いや、それだけは断じてあってはならない』

『もし、そうなったときは、築地再建築の工事は、当社が独占で取るしかないです。それで、何事もなかったことように、地中を元に戻すしかないでしょう』

高平の声が震えていた。まったく意味不明だ。

築地市場の地下にもなにか埋められているということか。

『そんなことをしていたら、うちの会長が持たない』

遠藤が悲鳴に近い声をあげている。

会長とは藤堂第一不動産の会長、藤堂正樹のことか……。

先日、古稀を迎えて盛大なパーティを開いたと週刊誌が報じていたのを、涼子は読んでいる。

記事にあった藤堂正樹の背景を思い浮かべた。

父親が興した町の不動産屋を引継いだ藤堂正樹は、三十代で仲介業からマンション開発に乗り出し、バブル期を迎えた四十代のときは、リゾートホテルや複合レジャー施設にも進出し、事業を飛躍的に成長させたのだ。

バブルの崩壊後、相次いで倒産した同業者をしり目に、さらなる買い増しをつづけ、現在では都心部の再開発を丸ごと手掛ける総合開発業者(デベロッパー)のひとつに数えられている。

そんな大企業の総帥である藤堂が焦っている？

高平が続けた。

『わかっています。ですからこちらもリスクのある攻撃を引き受けたのです。ですが、あのような事故は二度と起こせませんよ。今回はあのセキュリティコンサルタントをうまく抱き込んで、国建省の調査を乗り切りますが、それでも公共事業の入札には、当面参加できません。シロと決着がつくまでは自重するというのが、談合で決まりました』

　建設業界では自重まで談合しているのか……まぁ、自重すると言っているのだから、公取委に告げ口する必要もあるまい。

『そのぶんの埋め合わせは、うちがタワーマンションの建設を回してやる』

　遠藤が水を飲む音がした。

　そろそろあの部屋に戻ったほうがよさそうだ。涼子は腰を上げた。

『しかし、あの秋川という女、白のパンティでしたよ』

　やにわに高平がそう言い出した。涼子は足を止めた。イヤホンを押し直して、再び耳を傾けた。

『そうか……画像は残っているのだろうね』

『もちろんです。割れ目がヒクヒク動いているところまで、鮮明に撮れています。遠藤部長のほうへ転送しておきます』

『それはうれしい。いざというときの脅しにも使えるし、個人的にも、彼女のアソコが、どうなっているか楽しみだ』

『いや、工事現場のエロい映像を何度も見させられたせいか、ぐしょぐしょに濡れていましたよ。白いパンティだから、黒い毛もピンクの花びらも透けて見えていますよ』

やおら回し蹴りを食らったような衝撃だ。

入室する際に着衣が透けることは聞かされていた。

さらに個室に入ったときも、あちこちにレンズが仕掛けられているのは気が付いていた。

それなのに迂闊であった。

股間も狙われていたのは当然だった。

表情や仕草はどれほど演技しても、女の肝心な部分は正直である。

濡れ場を見れば、濡れる。

これは女の本能だから仕方がない。

『まぁさ……まんこを濡らしながら、点検していたというのは、警察じゃないってことだろう』

遠藤が言った。高平が『もっともだ』と高笑いをした。

——警察官だって、濡れるってば。

映像はいずれ奪還しなければならない。

だが、いまはこのふたりを騙し続けるほうが先決だった。

涼子は気を取り直して、部屋に戻った。

しばらくふたりと裏工作について相談をする。

「東都建設の過失責任を軽減させる策として、渋谷で遊ぶ若者たちが明け方に頻繁に侵入して困っていた、という被害事実を作り上げましょう」

涼子は提案した。

「後付けで、そんなことができるのかね」

「うちにいる警察ＯＢから渋谷南署に手を回します」

「それは好都合だ」

「高平さん、あの映像にあった侵入者たちの件の日時に合わせて、一枚ずつ概要報告書を書いてください。当社から、それを渋谷南署に届けていたという細工を施すようにします」

渋谷南署の協力は取り付けてあった。

同署の鑑識から明日にも、映像解析の結果を受けることになっていた。

その後も、しばらく遠藤と高平との会話に付き合った。

酔った勢いで猥談になった。酩酊気味の遠藤にしつこく「一発やろう」と誘われた。

警備も大変だが、捜査もしんどい。

とくに潜入捜査となると、警察権をふるうこともままならないので、おっぱいや腰は何度も触られることになった。

どうにか「一発」に付き合うことからは逃げ切ったが、遠藤の誘いを嫌味なく断ることに集中していたため、涼子は座布団の下に置いた百円玉マイクのことを、すっかり忘れてしまい、そのまま帰ってきてしまった。

第三章　政界進出

1

「選挙に勝つために一番大事なことは、とにかく立候補する地域の人たちの声に寄り添うことです。国会議員でもそうしなければならないのですから、都議を目指すみなさんはなおさらです。自分の立つ地域で、いま何が問題なのか。それを徹底的に聞きだしてください」

演壇で大泉進次郎が熱弁をふるっていた。

青山にある「東京ピープルプラザ」の大ホール。

中渕裕子の主宰する地域政党「都新の会政治塾」第二期生募集に合格した塾生たちはいずれも必死でメモを取っていた。

約二百人はいる。

夏の都議選に立候補できるのは、この中から四十人程度となる。

この中に、警備一課特殊警備捜査官（SSP）の岡田順平も紛れ込んでいた。

塾生として、である。

潜入三日目であった。

一期生からすでに六十人の立候補者が決定していた。立候補地もすでに割り振られている。

中渕都知事としては、さらに四十名を立てたい意向だ。

合計百名の立候補者を立て、一気に過半数を超える六十人以上の当選者を得ようという目論見（もくろみ）だ。

そのために二期生を募集したのだ。二期生募集の選考をクリアしたのは、主に、勝算のある選挙区に居住している者たちだった。

都知事はマスコミ向けには理想主義者を装っているが、その実、プロの保守政治家である。

手の打ち方は現実的だ。

大泉の声のトーンが一段と高くなった。

「いいですか、選挙カーに乗って、地域をぐるぐる回るだけではまったく効果はありませんよ。毎日、昼夜二回の集会を開いてください。昼は子供を抱える奥さんたちや、お年寄りのお話を聞く会を作ってください。夜は地元の商店街の人たちの要望を聞く会。土日はサラリーマンの人たちのために集会を開いてください」

　これまた具体的な指示だった。

　これは講演料目当てで、応援に来ているのとは、まったく違う。党派を超えて、本気で都知事を支えようとしているようだ。

　──なかなか利口だな。

　岡田は感心した。

　大泉は商社マン出身で実務スキルは高いが都内に地盤を持っていない。あくまで比例東京ブロック選出議員である。したがって選挙は風頼みとなるし、名簿も党幹部の一存で決められる。

　つまり大泉にとって、中渕裕子との連携は自分自身にとってのタイトロープになっているというわけだ。

　岡田は読んだ。

　大泉は都新の会への鞍替え（くらがえ）を図る可能性もある。

　同時に、それを嫌う民自党から比例名簿の上位を獲得する手もある。

　──そのときどきの風を読む力こそ政治家の能力だ。

　ビジネスの第一線で生きてきた男は、どこまでも、自分の腕と直勘力で勝負していくようだ。

岡田はこの男が気に入っていた。

行政官の自分にはない洗練された発想である。

岡田も大泉の話を聞きながらメモを取った。

メモなど取らずとも記憶できるのだが、それでは周囲の受講生たちの中で浮く。

刑事としての癖で箇条書きになっていた。

ほとんどの塾生は、大泉が話していることを一言も聞き漏らすまいと、口述筆記のごとく、筆を走らせている。

あれでは二度手間になる。

いまこの瞬間は筆記することに夢中で、頭には何も入っていないことだろう。

結局、読み返して咀嚼することになる。

岡田は約三分聞いては、要点整理をしていた。これも刑事の習性だ。

刑事はそもそも自分の聞きたいことにマトを絞っている。

本日の講義でいえば、選挙に勝つ方法だけだ。それ以外に興味がない。いずれ別な捜査に役立つ可能性があるので、それだけ得て帰ろうと思っている。

この潜入捜査に当たって、課長の明田真子からは本気で都議会議員になってみないかと、打診された。

さすがに辞退した。

岡田は自分の才能の中に、政治家のセンスはないと思っている。

政治家とは大泉のように、常に風を読む能力が必要な仕事だと思う。

それを風見鶏などと呼ぶのは、非現実的である。

ひとりで法は作れない。

刑事といっても行政官のひとりである。立法の困難さについては熟知しているつもりだ。

法案とは、いくつもの妥協を経て議会を通過するのだ。

そのためには中渕裕子や大泉進次郎のように、カメレオンのごとく、その場その場で異なる対応をしていく素質が求められる。

――俺には向かない。

代わりに岡田は、彼らが作り上げた法を破ったものを捕まえるという、警察官の仕事を全うしてやると誓っていた。

愚直なまでにそう考えている。

――政治家と行政官は、国家の両輪である。

双方があって、国は正常に回る。

この政治塾では政治家としての候補者を育てることだけではなく、政党スタッフの育成も目指していた。

都新の会も、政治団体として、それなりの職員を持たねばならなかった。

ひとりの候補者のために百人のスタッフが必要なのが選挙だ。

多くの政治家のSPを担当して、それは重々承知していた。

岡田は「政党スタッフコース」を選んでいた。

それであれば、化け通す自信があった。

前歴はすべて虚構にしてある。

岡田の役どころは、リストラされた元サラリーマンである。自分でそれを選んだ。

潜入捜査では、化け通すためのリアリティが重要となる。

サラリーマンならば、演じきれる自信があった。

覆面（カバー）用の会社は警視庁の協力会社のひとつから選び出していた。

新宿にある中規模出版社「梅書房（うめしょぼう）」である。

梅書房は警察関連の書籍を多数刊行しており、数年前には『歌舞伎町警察の二十四時間』がベストセラーになっていた。

岡田はそこで宣伝部にいたことになっている。仕事内容はきっちり頭に入っている。

都新の会では、おもに広報の仕事を担うということで、塾生に採用されていた。

明田真子が一時的にではあるが警視庁の広報課長を務めていたので、いざという場合、これまた協力マスコミに手を打ってくれることになっているので、同僚たちに疑われることはない。

とにかく餌をばらまく必要があった。

誰かが、自分をマトにかけてくれれば良いのである。

築地市場の移転とカジノ誘致がキーワードであることは、すでに見えていた。それと消防署が一枚嚙んでいる。

中橋消防署に潜入した東山美菜の調査で、消防車に掘削機を積載していることがわかった。

消防車が何を掘る？

美菜はすでにマークされ始めたようなので、なおのこと中橋消防署への疑いは濃くなった。

美菜が逆追尾を受けたと報告があった。そのため、この二日ほど研修を休ませている。仮病だ。目下のところ中橋消防署に関しては明田が捜査方針の立て直しをしている最中だ。

秋川涼子は東都建設にうまく潜り込んでいる。

東都建設と藤堂第一不動産が怪しげな連携をしていることがわかった。

豊洲移転を何が何でも急がせたいらしい。経営者の藤堂の指示だということも判明した。

大物財界人ということになれば、捜査妨害もあり得る。

都庁に彼らの手先になっている人間がいるとの情報も秋川が掴んできた。都市建設局の樋口という人物らしい。

警備課から都庁の職員名簿にアクセスしたところ、樋口揮一郎なる人物がいることがわかった。

この男の背景調査は、明田が直接やっている。今夜にもおおよそのプロファイリングが上がってくることだろう。

まだ何も得ていないのは岡田だけだった。もっとも漠然とした場所に潜り込んでいるので、やむを得ない。

探すより、とにかく自分から目立つ必要がった。

午前の部の講演が終了した。

塾生たちはぞろぞろとホールを出て、ランチに向かっている。

さまざまな人間たちがやって来ていた。

現役の区議や落選中の国会議員といった政治のプロと、ずぶの素人が、三対七の比率でいた。

それはそのまま中渕裕子の望む議員構成だった。

新風を感じさせた方がいい。されど素人集団では理想主義になりがちである。世慣れた既成政治家が三割混じると、むしろ安定感が出る。特に役人や他党との駆け引きにはベテランの腕が必要なのだ。

女性も多い。主婦、ＯＬからキャバ嬢まで、職種はさまざまだ。

そして素人集団で最も多いのは、岡田の覆面履歴と同じリストラサラリーマンたちだ。

岡田はその中から、気のよさそうな中年男をひとり見つけていた。

住吉信五（すみよししんご）、四十八歳。

大手旅行代理店「キングトラベル」をリストラされたことから、岡田と同じ「政党スタッフコース」に応募し、どうにか塾生になるところまで、漕ぎつけてきた男だった。

ようするに都新の会を「再就職先」と見立てて応募したわけだ。

住吉がすぐ目の前を歩いていた。

「先輩っ。昼飯一緒にどうですか？」

先輩と呼ぶのは、岡田なりの年長者への敬意だ。

住吉は勤めていた会社では副部長だったそうである。住吉が振り返った。

「どうも岡田さん。ありがたいお誘いですが、私は弁当を買って、そこのベンチでいただきます。なにせ、いまは無収入の身ですから」

敷地内に中庭があった。

多くの塾生がそこで、持参の弁当やサンドイッチを広げていた。

庭に面したテラスレストランがあった。

現時点で職を持っている塾生たちは、そちらに向かう。

ここでも格差はある。

「たまには奢りますよ、先輩。僕は独身ですから、余裕があります」

「いやぁ、歳下に奢ってもらうのは抵抗あるなぁ」

住吉は頭を掻いた。サラリーマンだった人間の性である。

「入党したら、逆に奢ってください。たぶん、僕の上司になるでしょうから」

おそらく住吉は頭角を現す。講師たちも住吉をすでに、同僚として扱っていた。語学堪能で、国際感覚があり、組織に順応するタイプだった。

新党内でポストはいくらでもあるだろうが、講師たちは住吉を外務省か商務省との交渉担当と考えている節があった。

観光客誘致に一役買いそうだ。

「そうですか。では甘えます」

ふたりでテラスレストランに入った。

塾生になって三日目。ここで餌を撒き散らしてみようと思う。

住吉には、漫才の相方になってもらう。

中庭に面したテラス席に座る。互いにパスタランチにした。トマトソースにマッシュルームがたっぷり入ったパスタを頬張りながら、岡田は大声で聞いた。

「住吉さん、ラスベガスのカジノ事情には詳しいですか」

「いえ、何度も行っていますが、そんなには詳しくないです。旅行社としては、お客さまをカジノに積極的に誘導するのは好ましくないと考えています。損をした場合、責任を持てるものではありませんから……それよりも併設されているレジャー施設へのオプショナルツアーを積極的に企画しておりました」

住吉はバケットにほんの少しだけ、バターを塗っている。上品なしぐさだ。

ラスベガスのカジノより、ロンドンの博物館のほうが似合っている男だ。

「実は僕、以前いた梅書房という出版社でカジノのムック本を作ったことがあるんです。『カジノへGO』っていう、軽いノリの観光ガイド本だったんですけど、それでベガスとマカオを見てきました」

声を大にして言った。口からトマトソースが飛びそうだった。そんなムック本、どこにもねぇ。

住吉は渋面を作っている。

「シンガポールとマニラには行かれなかったのですか」

聞き返された。おっ、と岡田は驚いた。さすが観光業界にいた人間だ。アジアの成功モデルのほうが、役に立つということを理解している。

「行きました。とりわけシンガポールの成功は、そのまま日本に当てはめることができます」

中渕都知事からの受け売りであったが、数人の客たちが岡田のほうを向くのがわかった。

畳みかける。

「住吉さん、カジノ法案、いや総合リゾート推進法案、どう思いますか。僕はこれを政策の軸に据えたら、結構票になると思うんですが」

現職区議の数人が振り向いた。

「微妙ですね。観光業の立場からすれば、大きな経済効果が見込まれるのは承知していますが、政策の訴求点にするのはどうでしょう。新しい党としては清新なイメージが必要です。カジノのことを口に出すのは考えものです」

この男の品格からして、そういう答えが返ってくるのはわかっていた。

だから会話の相手に選んだのだ。

「その通りです。しかし、立候補者によっては、それが似合う方というのもいると思います。都知事は現実主義者でもあるようです。既成政党の利権構造に手を突っ込むのも、戦略のひとつではないでしょうかな」

　思い切り大きな声で言った。

「どうですかねぇ。私は旗揚げ時にはなくて良いと考えます。それより豊洲の土壌を徹底的に調査して、市場移転の対案を作ったほうがいいと思いますよ。選挙戦で代替地をあげるほうが、インパクトが出る」

　手堅い。それもありだ。

「それぞれの候補者が立候補する地区に市場を誘致するというのはどうでしょう」

　岡田は無茶を言ってみた。

「荒唐無稽すぎます。杉並区や世田谷区の住民はさして喜ばないでしょう。それより託児所、保育園ですよ」

　あっさり否定された。

　そのとき、すぐ近くに座っていた塾生のひとりが立ち上がって、岡田のもとにやって来た。

　女性だった。美貌と抜群のスタイルの持ち主だ。

　推定年齢三十歳。

「小林沙織といいます。都議候補者コースの塾生です。いまのカジノのお話、とても興味あります。私、カジノ誘致に賛成で、ぜひ公約に入れたいと思っています。相談に乗っていただけないでしょうか」

偶然、政策が一致する女に出会えたにしては、出来過ぎている。これは餌に食らいついてきたと思って間違いないだろう。

「ぜひ話し合いましょう」

岡田は立ち上がって、手を差し出した沙織と握手する。きつく握り返された。女豹（めひょう）の眼だった。

相手も岡田のことを探っているようだ。

化けの皮を剝いでやる。

2

探り合い（ハード・ネゴ）の開始となった。

「六本木でクラブをやっています。一応オーナーですよ」

講義の終了後、赤坂見附の駅前にあるシティホテルのティールームで落ち合うなり、小林沙織はすぐに名刺を差し出してきた。

すでに外は黄昏（たそがれ）ている。

「クラブ・ハニートラップ」とある。

「凄い店名ですね」

岡田は「失業中なので名刺はない」と頭を掻いた。いまは出来るだけ気弱な男を装うことにする。

「政治好きだったんで、その名前にしました」

沙織は蠱惑的な視線を寄越してきた。

「その店名、政治家は絶対に近づきたくないでしょうね」

「はい、まったく来ません。でも秘書さんや、お役所の方はよく来ます」

「たいした人脈を持っていそうですね」

岡田は探りを入れた。それであれば、政策や公約の参謀はいくらでもいそうだ。

——俺に接近してきたのは、カジノ開設に関する探りか。

「私、これでも元は国土建設省の事務員だったんです」

沙織が片笑みを作った
「霞が関から六本木に転職とは大胆ですね」

「霞が関でノンキャリの事務員をしていても、世の中を変えられませんからね」

「変えたいですか」

「そう思いました。それで資金を貯めるために、この世界に飛びこんだんです。最初は銀座で頑張りました。五年間ホステスとして頑張って、六本木に自分の店を出しました。それからまた五年になります」

沙織は三十八歳だと笑った。店では三十歳で通しているので、秘密にしてくれと手を合わせてくる。

男の懐柔法を知っているプロフェッショナルの仕草だ。

岡田はすぐに沙織の年齢から逆算した。

国建省にいたのは十年前。それはリーマンショックの年だ。

そして自称した年齢が事実だとすれば、彼女は二十八歳まで国建省に勤務していたことになる。

小林沙織というのが本名であれば、この女のより詳しい背景(バックグラウンド)を探ることができる。探りたいのは、人脈である。

誰と繋がっているかによって、狙いが見えてくる。

岡田は軽く粉をかけた。

「まずは具体的なカジノ誘致への候補地をあげるべきです。候補者は誘致先をあげることによって、支援者と反対者を見極めることができます。小林さんは東京だと、どこが最適だと?」

沙織はしばらく沈黙した。眼下に広がる首都高速道路の流れを見つめていた。

陽が大きく西に傾き始めていた。

沙織の瞳の奥に不気味な炎が上がっているように見えた。

沙織は沙織で、ここに来る前に、岡田の背景を探っているはずである。

岡田は沙織と会話している間に、自分の偽装プロフィルをカバーするために、さらにあらたな事項を追加すべく明田に連絡した。

梅書房の刊行リストに『カジノへGO』がなくてはならないのだ。

明田から依頼を受けた梅書房の春山社長は、素早く協力してくれていた。

わずか三十分の間に、自社のホームページの既刊紹介のところに『カジノへGO』をアップしてくれたのだ。もちろん現在品切れ中と表記してくれている。

偽装が上塗りされて、岡田の背景は、より真実味を増したはずだ。

春山社長は「本当にこの本を作ってみます」と言っているそうである。確かにタイムリーな企画だとは思う。梅書房の健闘を祈る。

岡田の問いかけに対して。沙織が口を開いた。

「私は築地がいいと思います。市場の跡地に。銀座から近いというのが、私はよいと思います。ショッピング客と相乗効果があるかと」

ずばり核心をついてきた。ピンときた。沙織のほうも探りを入れてきている。岡田は慎重に答える。

「築地、更地になりますかね。ひょっとしたら、市場のままってことも……」

岡田も核心に切り込んだ。男と女で、股の間をまさぐり合いながら会話しているようなものだ。先に昇天した方が負けだ。

「岡田さん、今夜飲みませんか」

——来たっ。

「それハニートラップですか」

すかさず返す。

「えぇ、凄い罠を仕掛けたいわ……私の選挙参謀になってもらうために」

沙織が唇を舐めてみせた。瞳の奥には銀座、六本木と生き抜いてきた女の迫力があった。

「じっくり政策を語りましょう。意見が一致すれば、小林沙織候補の選挙スタッフを買って出ます」

「では、一晩かけて、私の政策を聞いてくださる？」

沙織がフロントの方向に視線を流した。

岡田は身体を張る覚悟した。男もこういうときにはそれ相応の覚悟がいる。身体で勝負だ。

「聞きましょう」

同じホテルの最上階に部屋を取った。

そもそもこのホテルのティールームで落ち合おうと言ったのも沙織の方だった。岡田は慎重になった。

もっともオーソドックスなトラップはセックス中の盗撮だ。

部屋に入るなり、壁と天井、それにテレビやベッドサイドの照明などにさりげなく腕時計を向けた。

盗聴用の器具から発せられる微弱電波を感知する腕時計だった。

感知すれば秒針の先端が赤く光る。

反応はなかった。

どちらが先に入浴するかも駆け引きのひとつだ。

男女の儀式前の王道に従い、岡田は自分から「先にひと風呂浴びる」と伝えた。

ビジネスバッグをベッドの上に放り投げて、背広の上着も置いてバスルームに向かった。すべて餌だ。

安物のビジネスバッグの中には、カジノ関連の書類がびっしり詰め込まれている。偽造書類だ。

捜査二課が偽造してくれた。偽造を見破るプロが偽造してくれたのだから、精密だ。

書類は商務省の公文書を装っている。

『総合レジャー施設推進法案に基づく開設候補地』と題している。

大阪―夢洲(ゆめしま)地区。横浜―みなとみらい地区。

このタイプ文字の上に、鉛筆で「ほぼ決定」と走り書きがしてある。

東京―台場、豊洲。

ここには「台場が有力地だが、豊洲と交換する案もあり」と、これまたいかにも審議官クラスが書いたようなメモが付けられている。

「豊洲の土壌数値改善であれば、市場開設。この場合、築地市場後もカジノ候補地に入れるよう、一部都議より要請あり」

大嘘である。

このようなことはまだまったく議論されていない。台場の案も、前都知事が消極的だったために、しばらく頓挫(とんざ)している。

ことカジノに関しては、東京は大阪と横浜に水をあけられているというのが現実だ。

中渕裕子はカジノ推進に舵を切ったものの、候補地に関しては慎重な態度を取ったままだ。

豊洲の推移と合わせて、考える必要があるからだ。

台場に市場が出来る可能性もまだ残っている。

この書類を沙織が覗くのを期待しながら、岡田はバスに浸かった。

しばらくしてシャワー栓をひねり、湯面に音を立てた。

音を立てたまま、岡田はバスから出た。扉に身を寄せ、ベッドルームの様子を窺った。

果たして、沙織が岡田のビジネスバッグを開き、書類を引き出している音がした。続いて、シャッター音。スマホにハンカチか何かを被せ、レンズだけを向けているのだろう。シャッター音は小さかったが、岡田は確実に聞いた。

不思議なもので、漠然としていては聞こえない音も、予想してその音が鳴るのを待つと、耳は研ぎ澄まされる。

小林沙織はただの政治家志望者ではない。疑わしい人物であるのは確定だった。

沙織に充分撮影する時間を与え、岡田は鷹揚にバスルームを出た。

洗面台の見えづらい場所に、盗聴用の百円玉マイクを置いた。

「お先に……」

腰にバスタオルを巻いただけの恰好で、岡田はベッドに腰を下ろした。ビジネスバッグは元の状態に置かれている。

まったく気づかなかったふりをして、バッグを脇に下ろした。

「上着はハンガーに掛けておきました」

沙織が女房気取りの口調で言う。

口調は女房気取りであったが、その横顔が女豹に見えた。

「では、私もシャワーを浴びてきますね……隅々まで洗ってきますから」

沙織がバスルームへ消えた。

隅々までとは、いやらしい表現だ。ぐっときた。

岡田はさりげなく瞳だけを動かし、沙織の置いていったケリーバッグの位置を確認した。

窓際のコーヒーテーブルの上に置かれているが、ケリーバッグ特有の留め金に付いている鍵穴がこちらを向いていた。

レンズが仕込まれているに違いない。岡田はケリーバッグに背中を向けて寝ころんだ。

その態勢で、スマホにイヤホンを取り付けた。首を振って音楽を聴いているふりをする。

百円玉の盗聴マイクを通して、バスルーム内のシャワーの音が聞こえてきた。

沙織が真っ裸なのを想像すると、任務中だというのに興奮した。

腰に巻いたバスタオルの下で肉棹が怒張する。タオルに触れた亀頭が擦れて、少し痛いぐらいだ。

『あぁ……いやっ』

轟々たるシャワーの音に混じって、喘ぎ声が聞こえてきた。

何をしている？

『うぅっ、はっ』

オナニーか？

それしか考えられなかった。

しかし、これからセックスをするというのに、なぜオナニーをするのか。

岡田は耳を澄ませた。

突然、シャワーの音がさらに強くなった。壁を叩いているような音だ。

——シャワーの角度を変えている。あの女、シャワーは浴びていない。

岡田は確信を持った。

暴風雨が壁を打つような音の奥から、沙織の掠れるような声が聞こえてくる。

『パパ……私、オナニーでいっぱい昇って、あの男の前では、心底乱れないようにするから、焼餅なんか焼かないでね。あぁあ、いまクリを転がしているの……うん、おまんこは、ぐちゃぐちゃ……パパは、勃起しているの？』

沙織が誰かと話している。

「あぁああ、穴の中に指入れました。はいっ、あっちもこっちも触っています」

電話だ。

隅々まで洗うっていうのは、穴の中をこねくり回すということか……。

岡田は胸が躍るのを必死で抑え、冷静になろうと努めた。

それよりパパとは誰だ？

六本木のオーナーママを電話で操れるとはたいしたものだ。

その男の正体が知りたかった。

同時に、男として、強烈な対抗意識が湧いた。

――あの男の前では、心底乱れないようにするとは、言ってくれるじゃないか。

めちゃくちゃ乱れさせてやりたい気持ちになった。

任務を超えた、牡としての本能だ。

沙織はそれからしばらくパパと呼ぶ男とテレホンセックスを続けていた。

「あんっ、いやっパパ、そんなエッチことばかり言ってないで、しごいてっ。もっとしごいて、びゅんっ、と出してよ。あぁ、私と一緒に昇ってっ」

沙織の声が一段と甲高く（かんだか）なった。

聞いていて岡田もしごきたくなった。

こっちも一回抜いておいたほうが、落ち着いて出来るような気がしたが、他の男のついでになるのも嫌だった。

やはり抜かずに待つことにした。

3

「遅くなってごめんなさい。岡田さん、眠くなったりしていない？」

沙織がバスルームから出てきた。

濡れた髪と身体の双方にバスタオルを巻いている。頭にターバンのように巻いたタオルのせいか、よけいに小顔に見えた。

身長百六十センチほどの沙織の身体は、バスタオルを巻くと全身がほぼ隠れてします。同じ大きさのバスタオルでも、男と女では、隠れ方が違うというものだ。

岡田は、ベッドに寝たまま、沙織の顔を見上げた。

目の下の涙袋が紅く腫れあがっている。

その原因が湯に浸かって上気しているだけではない、ということを知っているだけに、岡田もスイッチが入った。

オナニーよりも凄いということを思い知らせたい。

「眠いどころか、悶々としていましたよ」

岡田はいきなり腰に巻いていたバスタオルを開いて見せた。

冷静に壁側を向いて剛直を晒した。沙織のハンドバッグには背を向けたままだ。

沙織の視線が肉の尖りに釘付けになった。瞳の奥に驚きの色が広がっている。

「……凄いことになっているわ」

沙織は微かに唇を震わせていた。ざまぁみろ。

それもそのはず、自慢の名刀は鮮やかに反りかえっている。巨大な肉茄子のような大きさだ。

「すぐにでも、挿入できる状態ですが、そちらの準備はどうですか」

肉茄子を見せびらかしながらも、態度はあくまでも下手に出た。

「準備は万端だけど、まずは、その大きな雁首を、触ったり、舐めたりしてみたいわ」

沙織は唇を舐めながら、ベッドに横たわってきた。

「こんな粗末なものでよかったら、存分に遊んでやってください」

岡田は足底が窓辺のケリーバッグに向くように、体の向きを変えた。これだと、沙織の尻がアップになるはずだった。

自分の顔さえ映らないように気を付ければ、問題ない。亀頭に名前は書いてない。

「粗末なものなんて、よく言うわね……自信満々のくせに……何はともあれ、しゃぶりつきたいわ」

沙織がバスタオルを取り去った。裸体の全貌が現れる。しっとりとした白い肌をしている。

岡田はバストと草叢（くさむら）を交互に見やった。男の性だ。

小柄な身体に比して、バストは豊満だった。

ソフトボールがふたつ並んでいるようだ。弾力がたっぷりあるように見える。その頂きに乗った乳首はあずき色をしていた。すでに硬直し、さほど広くない乳暈（にゅううん）には泡が立っていた。

漆黒の陰毛は小判型をしていた。

濃さも長さも、理想的な陰毛だった。

奔放に伸びた茂りも幻滅するが、さりとて、見事に刈り揃えられた縦一文字の陰毛というのも、人工的過ぎて、興ざめすることがある。

沙織の陰毛には、性欲をそそられる。

「割り込ませてよ……」

沙織は岡田の両脚を拡（ひろ）げて、その中に入り込んできた。ベッドの上で正座して、そのまま上半身を倒してくる。

小顔も降りてくる。

肉茄子の根元を、輪のようにした指で押さえられた。

「舐めるわ」

亀頭冠の裏側に舌を這わせてきた。厚みのある舌腹で、じゅるっ、じゅるっ、と舐めあげられる。

「おぉおお」

剛直が筋を浮かべ、亀頭が爆発しそうなほど、膨らんだ。

耐えた。柔道で寝技を決められたときに、必死で跳ね返そうとするときの気持ちに似ていた。歯を食いしばり、噴射を抑える。

目の前で、沙織の小さな額が上下左右に奔放に揺れている。額と時おり見える鼻梁(びりょう)に汗がにじんでいた。可愛らしく思えた。

反撃に出るために、岡田は手を伸ばした。

岡田の肉頭を舐めるごとに揺れていた乳房を、下側からささえるように包み込んだ。右の乳房からだ。

想像通り量感のある乳房だった。みっちりと中身が詰まっているような感触。

岡田は、五指を食い込ませて、少しきつめに揉んだ。

「んんんんっ」

沙織が突如肩を震わせ、呼吸を乱した。舌先の力が弱まる。

岡田はさらにもう一方の手を伸ばし、左乳首を摘まんだ。やおら、ぎゅっ、と強めに摘まんだ。

「あぁあああっ」

沙織は亀頭から唇を離し、背筋を伸ばした。顔を天井に向けている。

自慰を習慣的に行っている女は、乳首もクリトリスもきつめにされることを好む。

後輩の東山美菜から聞いた話だ。

オナニストである元ミニパトガールの、酒席でのどうでもいいアドバイスが、こんなときに役に立つとは思っていなかった。

どうやら日頃から、自分で触っているうちに、知らず知らずの間に、きつい刺激を求めるようになってしまうらしい。

東山美菜の分析だ。

岡田の目の前にそびえるように沙織の上半身があった。

――おかげで、俺の顔はカメラに映らない。

用心深くケリーバッグの鍵穴の位置と、自分の顔の位置を推し量りながら、岡田は沙織のバストを揉んだ。手のひらの中央に乳首を当てて、転がすように動かした。硬直した乳首が横倒しになっては、またすぐに起き上がる。

ときおり、両手に唾を吐きかけて、乳首に塗り込むように擦りつける。

「あぁっ、いやっ」

下品な攻め方だとわかっているが、相手は恋人ではない。捜査ターゲットなのだ。籠絡して、情報を聞き出したい。

岡田は、両方の乳首をきつく摘まんだ。

「あっ、痛いっ」

沙織は目を細め、口辺を歪ませた。

「小林さん、痛いぐらいのほうが気持ちいいでしょう」

構わず、乳首がひしゃげるほど、ぎゅうぎゅうと潰した。

「あぁああっ、それだめっ、昇くっ」

沙織は総身を震わせ、そのまま背中から落ちていった。六本木の美人ママが、カエルがひっくり返ったような状態で、痙攣を起こしていた。

やばいっ。顔が映る。

岡田は咄嗟に、沙織の股間に顔を潜り込ませた。

沙織は正座したまま背中から落ちたので、自然に脚を拡げる態勢になっていた。

自然にできたM字開脚だ。

繊毛に鼻を接近させた。烏の濡れ羽色に輝く繊毛の底からシャンプーの香りと共に汗ばんだ匂いがした。生々しい匂いだった。

岡田は陰毛の匂いを嗅ぎながら、万歳するような恰好で、両手を伸ばした。ふたたび乳首を捉える。

「あぁっ、お願い、乳首はもうやめてっ」

聞く耳など持つつもりはない。構わず、ぎゅうぎゅうと揉んだ。

「あぁあああ」

頭上から悶絶する声が聞こえる。一度ポイントを摑んだら、執拗に攻め込むことだ。これはある種の嫌われることをいとわない勇気だ。

「……でも、いいっ。乳首をこんなにいじめてくれる男は他にいなかったわ」

沙織の尻が浮き、繊毛の下から、女の中心がせり上がってくる。まだ張り合わさった薄茶色の肉襞がうねうねと揺れている。

岡田は鼻梁を擦り付けた。襞の合わせ目にあるぷっくらとした突起に鼻の先端を置く。

「あんっ」

乳首以上に敏感な部分なはずだ。猪（いのしし）のように鼻でぐいぐいと突いた。乳首は摘まんだままだ。

「あうっ」

襞が開いて、花弁の下から、とろりと蜜が溢れてくる。

岡田は鼻孔から生温かい息を吹きかけた。ぶわっ、と噴く。

けた。

「あぁっ……そんなことされたことない……」

下品極まりない攻めをしてやった。

眼前のクリトリスが、むくむくと包皮を破って飛び出してきた。

そこにすぐには触れず、今度は口笛を吹くように息を掛ける。ふっ、と短く三回かけた。

「あっ、あっ、あんっ」

沙織は尻を何度も捩（よじ）った。

「早く、そこを舐めてっ」

岡田は、舌を出した。肉芽に触れないように注意しながら、花びらの左右を舐める。

両手で乳首を捏（こ）ねつづけたままだ。

「いや、ビラじゃなくて、マメを……」

沙織は掠れた声を出し、岡田の頭を両腿で挟み込んできた。腰を浮かせ、自力で岡田の舌を肉芽に導こうとしている。

ここで岡田は陰部からいきなり顔を離した。

「あっ」

沙織の啞然とした声が聞こえる。

岡田は用心深く顔を伏せ、両手を沙織の背中に回し、抱き起した。

対面座位のような恰好で向かい合った。

クリトリスへのタッチを放置された沙織は、呆然とした顔をしている。瞳は潤み、いまにも泣き出しそうな顔だ。

興奮と屈辱と入り混じった視線で見つめられた。

やにわに沙織の唇に自分の唇を重ねた。

沙織の顔が一瞬にして青ざめた。しっかり唇を結んでいる。

その代わりに双眸が見開かれる。瞳の奥が「それはルール違反よ」と訴えていた。

岡田も目を据えた。心の中で「おまえの手管には乗せられないぜ」と吐いた。

沙織にその声が届いたかもしれない。いきなりいやいやと首を振り、岡田の肩を両手で押して抗った。

舐めるなっ。

岡田は、ぬっ、右手を女の股の間に手を差し入れた。

「あふっ」

沙織が目を瞑った。意表を突かれて、身体を硬直させた。

ヌルヌルとした部分に指を這わせ、包皮から剝き出ている陰核を、親指でぐいっ、と押した。とどめだ。

「んんんんんんんんっ」

接吻したまま、沙織は声を詰まらせた。

とうとう唇が鮮やかに開いた。岡田は強引に舌を挿し入れ、沙織の舌に絡みつかせ、べろべろと舐めた。

もちろん、クリトリスはめちゃくちゃに触りまくる。人差し指と親指で淫芽の根元から摘まみ、丸めるように何度も激しく捏ねる。

一分ほど続けているうちに、沙織は横に倒れた。気絶したようだ。

武器や睡眠薬などを使わずに女を眠らせる方法は、これしかない。

岡田は沙織を寝かせたまま、そっと窓際のケリーバッグに向かった。鍵穴に仕込まれていたカメラアイの作動を一時停止にする。

急いで、バッグの中を調べた。

スマホの発着信をチェックする。意外と少なかった。

先ほど話していた相手の番号は残っていた。沙織のほうから掛けている。メールのやり取りはまったくない。

アドレスを開いた。都新の会政治塾の番号しかなかった。

――専用のスマホということだ。

データを一切残していないところがよけいに怪しいというものだ。

バッグの中を覗いた。黒革の手帳があった。開いてみる。ダイアリーにびっしりと予定が書かれている。

来週の月曜日に「箱根パーム・パパ」とあった。記憶する。

アドレス帳部分に、びっしりと名前と番号、メアドが並んでいる。

——手書きが一番安全ということを知っているわけだ。

これでは一斉抜き取りが出来ない。自分のスマホで撮影するしか手はないが、リスクがありすぎる。

沙織がいつ目覚めるかわからないのだ。

アドレス帳には恐ろしいほどの数のビッグネームが並んでいた。岡田は重要人物の名前だけを暗記することにした。

最上段に藤堂正樹の名前があった。藤堂第一不動産の代表だった。

続いて、関東闘魂会の総長花村辰雄（はなむらたつお）。日本第二位の力を持つ広域暴力団のトップだ。

他に高平（東都建設）、遠藤（藤堂第一不動産）、樋口（都庁都市建設局）などとも書かれている。

——カッコの中はおそらく勤め先だ。

民自党都議内沼純也（うちぬまじゅんや）などの名前もあった。そのほかにも政財界人の名前がずらりと並んでいる。

最後のページにも、岡田は注目した。

玲奈（バンブー）、マリコ（レジェンド）、レイ（六本の木）七海（桜宵）、由梨枝（グローバル）など、おそらく源氏名と思われるメモ書きが並んでいた。

引き抜き用のリストか？

とりあえず、頭の中に叩き込む。

ベッドのほうで、バサッ、という音がした。見やると沙織が寝返りを打っていた。

岡田は急いで手帳を元の位置に戻し、カメラアイを再び作動させた。自分が仕掛けに気づいたとは感づかれない方がいい。

カメラアイのアングルに入らないように、壁伝いに歩いて、ベッドに戻った。

ベッドに這いあがると、寝ている沙織の脚を割り広げた。女の中心部はまだ、とろ蜜に覆われている。岡田は肉の尖りをそこに押し付けた。

花芯に亀頭裏を押し付けて、肉同士を馴染ませる。割れ目の中を何度か往復させた後、パールピンクに輝く女の尖りを、自分の巨大な尖りで突いた。

「あんっ」

沙織が身体を捻って反応した。

クリ潰しは、気絶させるにも有効だが、気つけにも効く。

岡田は、秘孔の上に肉の頭を乗せて、軽く腰を押した。にゅるんっ、亀頭が、肉孔を押し広げて、潜り込んだ。正真正銘のハードボイルド亀頭だ。

「あぁ」

沙織は薄く目を開け、短く息を吐いた。唇が渇き切っている。熟睡していた証拠だ。

「私、もうわけわかんない……」

五分ほど眠っていたことすら気づいていない。

「議論のまえに、身体を一致させてしまったほうが、わかりやすいこともある」

岡田はそのまま尻を打ち込んだ。肉根が膣層に滑り込む。

きつい。手で思い切り握られたような圧迫感だ。

一息いれておいて、正解だった。五分前にあのまま挿し込んでいたら、十秒と持たなかったかもしれない。

岡田は渾身（こんしん）の力を振り絞って抽送（ちゅうそう）を開始した。淡白な縦ピストンだけにならないように、亀頭の向きを上下や斜めに変化させた。

柔らかくなった膣内を縦横無尽に摩擦する。

「あぁ、あなた無礼者だわっ、あんっ、私に、こんな無茶苦茶な攻め方をする男はいないわ……いやっ、あはんっ」

一度尻を大きく跳ね上げた。膣の浅瀬ぎりぎりまで、鰓（えら）を引き上げる。そこで動作を停止する。獲物の狙う前に、相手を見定める猛獣のように、呼吸を整える。

沙織の豊乳も上下していた。尻を跳ね上げた態勢のまま、沙織の耳元に唇を近づける。吹き込んだ。

「築地を更地にする方法があります」

「えぇ？」

沙織の瞳が泳いだところで、岡田は尻を戻した。スパーン。亀頭が一気に子宮まで打ち込まれ、最後に睾丸が沙織の会陰部に衝突する。

「くわっ」

沙織が弓なりになった。みずから激しく土手を打ち返している。岡田の陰毛にクリトリスを擦りつけてくる。

「あんっ、お願いっ、私専属のスタッフになってっ」

すがるように抱きついてくる。

「こういう関係、きちんと続けてくれますかね……」

岡田は女の耳朶を甘噛みしながら尋ねた。明田がこれを見たら、やりすぎだと、怒鳴るに違いない。しかし、潜入捜査とは人格ごと変えなければ、完遂できるものではない。素の顔がバレないように、自分の本来の性格とは真逆に走るぐらいでちょうどいい。

岡田は腰を振りながら、返事を待った。ぬぽっ、ぬぽっ、と猥褻な音が響く。

「もちろんよ……私もあなたとなら、本気でエッチになれるみたい……」

沙織が頬を真っ赤に染めて、岡田の胸に顔を埋めてきた。

充分に沙織の気を引けたと思う。岡田はそれでも慎重にセックスを進めた。朝まで、やり続けるつもりだ。完璧に性の虜にしなければならない。

カメラアイに自分の顔が映らないようにと常に気にしていたために、ときにとんでもない体位になった。

それも沙織を狂乱させ続ける結果になった。

4

翌朝、沙織と連れ立って、ロビー階のラウンジに降りると、意外な人物がひとりで朝食を摂っていた。

ラウンジのほぼ中央にひとりで座っている。

警察庁総務部直轄の性活安全課の真木洋子(まきひろこ)だった。

真木洋子は岡田の上司である明田真子とキャリアとして同期のせいもあり、桜田門にいるときにはよく農務省の職員食堂でランチを共にしていた。

岡田は何度かその席に同席したことがあった。

性活安全課とは、三年前に売春組織の壊滅を目的に立ち上げられた特殊部隊だ。

警視庁管区内にとどまらず、全国各地に移動して捜査をすることから、警察庁の直轄捜査部隊となっている。

いまは横浜の事件を追っているはずだが、どうしてこの赤坂にいるのか？

岡田が視線を送ると、真木洋子は気が付きながらも、すぐに傍らにあった新聞に視線を落とした。

これはアンタッチャブルのサインだろう。

岡田はさりげなく沙織の腕を取って奥のほうの席を促した。こちらも捜査対象者（マルタイ）と一緒にいることを真木に示唆した。

それぞれ別件を追っているということだ。

きちんと蝶ネクタイを締めたウエイターがオーダーを取りに来た。

先に岡田が告げた。

「アメリカン・ブレックファストを……オレンジジュース、トースト、スクランブルエッグ、ハム、コーヒー。コーヒーはジュースと一緒に頼む」

セレクトはいつもこう決まっている。牛乳とベーコンは好まない。

「私は、ポーチドエッグにレモンティだけでいいわ……はい、ダージリンで」

沙織がまだ眠たそうに言っている。

テーブルの上に朝食が揃った。岡田はよく焼けたトーストにバターをこってりと塗りながら、なにげに真木のほうを眺めた。

真木は窓際に座ったカップルに視線を送っていた。

濃紺のスーツを着た四十歳ぐらいの男と、キャメル色のブランド物の高級スーツを纏（まと）った三十歳ぐらいの女性だった。

ふたりは明るく語り合っている。

つづいて、同じよう年頃のカップルが入ってきて、このふたりと合流した。男は黒いスーツで、女はグレイのツーピースだった
互いに「おはよう」と声を掛け合い、親しげに語り合っている。

真木洋子はその光景をじっと観察していた。

男女四人のグループは界隈の外資系証券会社で働いている雰囲気だが、岡田は一抹の違和感を覚えた。

女たちは水商売……そう直感した。

夜に活躍する女たちの持つ空気は独特だ。経済新聞を眺めながら、コーヒーを飲んでいても、その雰囲気には知的というよりも華麗さが先に立つ。

男たちは客ということか……。

夕べ、この部屋で「一発」やり合った。そういうことか。だとすれば、性活安全課が張り込んでいるのもわかる。

恋愛か、売春か。それを見極めるのは至難の業だ。

岡田は自分の任務に集中することにした。

「ねぇ、夕べ、あのときに言っていた、築地を平らにする方法があるって、どういうこと？」

沙織が訊いてきた。

「あのときって？」

わざと問い返した。任務上の意地悪は気持ちがいい。

「ばかっ」

亀頭を膣に入れたままの状態での話だ。沙織は顔を赤らめ、脚を組み直している。

「築地からも、ベンゼンが出ればいいんです。いやベンゼンじゃなくても何でもいい。ようするに築地も土壌が汚染されていたという事実が出ればいいんだ」

岡田はとっておきの案を出した。

明田真子とさんざん練り上げたトラップ案だ。

「どういうこと？」

「いまは豊洲の土壌汚染だけが問題になっている。再々調査をしなければならない状態です」

「それで、汚染度が低いと断定されれば、豊洲へ移設になるんでしょう」

沙織は自信ありげな口調だった。

「先日の再調査では、これまでの調査の何十倍ものベンゼンが感知されたんですよ」

「その調査業者の検査方法が、従来と違うってことで揉めているわ。都庁も認めているじゃない」

沙織は顔をあげ、ちらりと、窓際に目をやった。

その視線の先は、くだんの男女グループだ。偶然か、あるいは何か繋がりがあるのか？

岡田は胸騒ぎを覚えた。

「ですから、再々調査なんです。それでも決着がつくかどうかわかりませんよ。もはや、データ的に基準内となっても、都民が信用しない状況が生まれています」

「そんなっ」

沙織が口を尖らせた。あわてて、表情を和らげる。この問題で、塾生が口を尖らせるのはおかしいのだ。中渕裕子が率いる都新の会は、豊洲の土壌汚染解明を是としている。

岡田は確信を持った。

この女は、都新の会に潜り込んだ豊洲移転賛成派の手先だ。

「市場に関しては、もはや科学的な決着ではなく、政治的な決着が必要になっています」

「豊洲はないということで、本当に落ち着くのかしら」

今度は沙織が探りを入れるように聞いてきた。

「おそらく……でも、小林さんのかかげる公約はカジノですよね」

話頭をそちらに向ける。

「そうよ。それも銀座、日本橋に近い築地にカジノを開設すると、経済効果は大きいと思うの」

一理はある。

「小林さん、もし築地も土壌汚染ということになれば、市場は台場に動かすしか手がなくなってくるのではないでしょうか？」

「えっ？」

沙織の眼が輝いた。釣れた。釣竿がピクッ、と揺れる感触。岡田はそう思った。詐欺師はきっとこの陶酔感に酔うのであろう。

詐欺師なら、ここは一気にさらなる架空の論理を並べ立てるだろう。

同じ手口を使ってみる。

「豊洲も築地もだめだとなったら、カジノ用に取ってある台場の土地を差し出すしかないでしょう。知事はそこまで考えていると思います」

考えているはずがなかった。そもそもそんな土地はない。

ここで昨夜の偽造書類が役立つのだ。沙織はあたかも台場がカジノ候補地として、霞が関で既成事実化されているかのような偽の書類を読んだはずだ。

「そうなれば、カジノは築地か豊洲ということになります。鮮魚に影響はあっても、カジノやレジャー施設に影響は、まずないですよ」

「そうなれば……」

沙織が目を見開いて、一息入れた。岡田は、微笑しながら、その先を聞くことにした。

「豊洲より築地のほうが、まだ安全で、しかも銀座に近いというイメージが創成できる……」

目の前の女は声を潜めてそう言った。

「そういうことです」

「それ、いけるわよっ」

沙織はそう言って。ポーチドエッグにスプーンを走らせた。

「築地の地下を掘らなければなりませんが……」

岡田は、実はこの案の唯一の破綻部分をあえて聞いた。

築地の地下からそれなりの汚染事実を引き出さねばならないのだ。案としてよくとも、実務として、どうする？

「それは、大丈夫です。私が引き受けます」

沙織が妙に自信たっぷりに言っている。なんでだ？

「それでは、僕は、築地跡地カジノ案の企画書をまとめます。大泉進次郎先生に対しても、台場から築地に変更するメリットを説明することにしましょう」

ブラフを放った。

「それ、お願いしたいわ」

食事を終えて立ち上がった。

「会計は私が……」

沙織が伝票を握ってレジへと向かう。

「では、すでに都議候補者のスタッフになったということで、甘えます」

岡田はあたかも秘書になったふうに、沙織に続いた。

レジでは窓際にいた男女が先に並んでいた。ただし、並んでいたと言っても、先頭にいる男がまとめて払っているだけで、残りの三人は、くっついていただけだった。

「樋口さん、ご馳走になりました」

女のひとりが言った。

岡田の脳内で、記憶の扉が開く。昨夜覗いた沙織の手帳にも樋口という名前があった。都庁の人間だ。沙織の背中をじっと見た。

その瞬間、前にいた女が、すっと背後に手を伸ばしたのを目撃した。

沙織も手を伸ばしている。

ふたりの間で瞬時に何かが手渡されている。陸上競技のバトンリレーのような光景だった。

岡田は見て見ぬふりをした。そして、レジの先に目をやる。

性活安全課の真木はすでにロビーへと出ていた。真木のそばに、精悍（せいかん）な顔立ちの中年男が立っていた。その男を残して、真木は去っていった。追尾の交代であろう。岡田は明田真子にメールを打った。

——いったん整理したいので、帰庁したいのですが。

明田から午後四時に農務省の職員食堂に来るようにと返事が来た。

第四章　賭場開帳

1

「性安課の真木ちゃんと出くわしたとは、ラッキーね。その小林沙織って女が売春組織に関わっていると見ることもできるでしょう」

向かい合わせに座っている明田真子が岡田潤平にそう微笑みかけながら言って、チーズタルトの隅をフォークで切っていた。

北海道産のチーズがたっぷり使われた純国産タルトということで、農務省の食堂では、現在イチオシになっている。明田は珍しくコーヒーも頼んでいた。

いつもは紅茶のアールグレイを好んでいるが、濃厚チーズタルトには、やはりコーヒーが合うのだろう。

「私は存じ上げないのですが、その真木課長に、小林沙織の捜査状況を聞くわけにははいかないのでしょうか」

涼子は鰹のタタキを口に運びながら聞いた。今月の農務省スペシャル定食「漁師の賄いご飯」だ。

濃口のタレでいただくと白飯が進む。

「秋川さんっ、それは私のプライドが許さないわ」

明田が、ぷいっと顔を横に向けた。口辺にチーズクリームがついたままだ。しまった。地雷を踏んだようだ。

すぐに隣の席の岡田潤平がフォローに入ってくれた。

「それはそうですよね。性安課と警備九課では、追っている事案が違う。ましてや今回は、うちが捜査をしているということは、庁内でも公にしていない」

言いながら、岡田は膝の上で、スマホを片手で操作していた。涼子にメールが届いた。

岡田は何食わぬ顔で、カツ丼のどんぶりを抱えている。黒豚使用の上カツ丼。刑事にカツ丼好きは多い。玉ねぎとカツをふわふわの卵でとじていた。ちなみにつゆだく。

涼子は岡田と同じく、膝の上でスマホを開けた。

【明田課長は『初の女性警視庁総監』になると言われているが、真木課長は『初の女性警察庁長官』と噂されているんだ……。表面上仲が良くても、本音は対抗心でいっ

ぱいなはずだ。言動に慎むように】

【はいっ】

とすぐに返事を打った。

警察庁性安課はこのところ大阪や横浜でも、大きなポイントをあげている。売春組織への潜入捜査をしながら、政界や暴力団の大物たちを検挙することに繋げているのだ。

確かに明田としてはこれ以上、差を拡げられたくないだろう。

霞が関では、近年、如実に女の出世争いは激化している。

「都知事と都議に絡む事案なのよ。警視庁内だけで解決しないでどうするのよ」

明田が一気にチーズタルトを平らげた。感情が剥き出しになっている。ちょっと怖い。

目の前で東山美菜は黙々とホッケ定食を食べている。体育会系と売れない劇団員は、居酒屋でもホッケと相場が決まっている。

美菜は中橋消防署に内偵に入っているが、なにせ警視庁以上に筋肉質な男ばかりの職場だから、やりまくっているらしい。内偵って、そういうことではないと思う。

「順番に整理しましょう」

農務省のマーク入り紙ナプキンで口を拭った明田が、ようやくいつもの口調に戻って言った。涼子は安堵した。

まず岡田から状況説明に入った。

「小林沙織は、都新の会の塾生になっていますが、実際は内偵者でしょう。中渕都知事の今後の手の打ち方を探っているに違いないと思います。ただし、政治的に対抗ウイングにいる気配はありません。おそらく裏で操っているのは利権屋です」

「都庁、東都建設、それに藤堂第一不動産に繋がっているわけよね」

と明田真子。その視線が涼子に向いてくる。鰹のタタキはまだ三切れほど残っている。白いご飯はまだかなりある。ここから、タタキとご飯をどうバランスよく食べるかが問題だ。

しかし、その問題を後回しにして、涼子は明田に答えた。

「東都建設と藤堂第一不動産は完全に利益共同体で繋がっています。動かしているのは東都建設の高平と藤堂第一不動産の遠藤です」

言って、すぐに鰹のタタキを一切れ取って、白米と一緒に口に運んだ。とても美味しい。

「その藤堂第一不動産の会長藤堂正樹ですが……」

岡田が割って入ってきた。どんぶりがきれいに空になっていた。

「藤堂正樹がどうしたの？」

明田が眉を寄せる。知的だがセクシーな表情だ。

「沙織のパトロンが藤堂正樹ではないかと……」

パトロン。

昭和的な響きのする言葉だが、最近はまたこの言葉を普通に使うビジネスマンが増えている。後援者という意味で使う。

もっとも岡田が言っているのは、昭和のままの意味を指している。

「根拠は？」

明田が詰める。これは早く鰹のタタキを食べてしまったほうがいい。

「手帳の一番先にあった名前がそうでした。藤堂第一不動産がカジノ進出をもくろんでいるとすれば、さまざまなことが合致してきます」

涼子もさすがに鰹のタタキどころではなくなってきた。ふたりの会話に集中する。

岡田が記憶をたどって続けている。

「小林沙織の予定表によると、来週〈箱根パーム・パパ〉とありました。名前からして、ラブホテルですかね……週明け早々このホテルを張っていれば、パパが誰か判明するのではないでしょうか」

カツ丼を食べ終わったせいか岡田は歯切れがいい。

明田がタブレットを操作しだした。ピンチアウト、ピンチインを繰り返している。

十秒ほどで目的地にたどり着いたようだ。

「そのパパ、ホントに藤堂正樹らしいわ。箱根パームで検索したら『藤堂パームホテル箱根』って出てきたわよ。これラブホじゃなくて、法人会員専用のリゾートホテルね」

涼子は頷きながら味噌汁を飲んだ。

本当に農務省の味噌汁は具だくさんだ。全国から集まった食材がたっぷり入っているのだ。野菜スープに近い。しかも味はあっさりしているから、鰹のタタキの濃口なタレとマッチしている。

明田が話を進めた。

「小林沙織が藤堂正樹の手先だとしたら、狙いはやはりカジノということになるんでしょうね」

岡田が絞り込んできた。涼子もそう考える。明田だけが首を捻っている。

「藤堂正樹がカジノへの進出を本気で考えているとしても、永田町の先生方はまだ彼を共同事業体の候補には上げていないはずだけどな……」

「暴力団との癒着疑惑ですよね。小林沙織の手帳にも藤堂正樹の下に花村辰雄と書かれていました」

「でしょう……」

花村辰雄とは関東闘魂会の総長の名前だ。

涼子は残り二切れの鰹のタタキに箸を伸ばした。急いで食べてしまいたい。

岡田が水を飲んだ。

「カジノに関する共同事業体を推進している大泉進次郎の存在が邪魔臭くなった。さらには都知事の立ち上げた政党に愛人を送り込んできて、逆転を狙っているとすれば、すべての筋が通ります」

岡田が言い切った。

仮説としては見事だ。だが証拠不充分だ。

「急成長した不動産業の社長に、暴力団総長。その男たちの手先がクラブママって、これまさに昭和の映画ね……」

明田が肩を竦めた。

「はい……まさにその通りですが、まだ裏が取れていません」

岡田はため息をついた。

明田はカウンターに向かって手を上げて、「コーヒーをもう一杯」と人差し指を立てた。

カウンターの向こう側で白い頭巾を被ったおばちゃんが、「うちは大臣だろうがキャリアだろうが、セルフだよ」とこともなげに言った。

農務省の食堂のおばちゃん、かっこいい。

明田は「ごめんなさい」と言って、券売機に向かった。

涼子のスマホがバイブした。

今度はテーブルの上に乗せて眺めると、百円玉の形をしたアイコンが点滅していた。

「マイク、生きているみたい」

昨夜うっかり赤坂の料亭竹乃井に忘れてきた百円玉に模した盗聴マイクだ。

マイクは無音状態が十分続くと一度切れる仕組みだった。それが再作動したのは、何かのはずみで、コインの真ん中が押されたのだ。

涼子は急いで、カバンの中から、イヤホンを取り出そうとした。

「いや、俺のこれを使おう」

岡田が四股イヤホンを取り出した。ひとつのジャックからイヤホンが四本出ているタイプだ。三人で一斉に耳につける。

明田が戻ってきた。お盆にコーヒーカップを四個載せている。さすがだ。

「なあに……みんなで相撲中継でも聞いているの？」

そんなわけないだろっ、と思ったが、すぐにここが農務省の食堂だと気付いた。

「稀勢の里はまだ相当先です」

岡田が顔をあげて、笑っている。明田も着席しすぐにイヤホンを付けた。

『ランチタイム、忙しかったわぁ』

小太りの仲居、初代の声らしい。百円玉を拾ったのは彼女だ。おそらく財布に入れていたのだろう。それをいま取り出したようだ。

『なんだっけ、買っておく煙草……マルボロメンソールでいいんだっけ？』

『そうよ、マルボロのメンソールひと箱。板長はそれしか吸わないもの。はいこれ、私のタスポ貸してあげる』

別の女の声がした。

煙草の自販機の前らしい。

夜席の支度を始める前のひとときに喫茶店にでも行ってきたのだろうか。その帰り道に板長から依頼された煙草を買おうとしている場面らしい。

涼子は胸底で叫んだ。

入れるなっ、そのコイン。

放り込まれる音がした。ガチャ。投入口から落とされる音。自分自身がどこかに潜るような気分になった。

目の前で東山美菜も身を屈めている。同じ気分のようだ。

シャラーン。百円玉マイクが落ちた。ガチャ。

『あらま、これ使えない百円玉だわ』

『そういうの、よくあるわよね……百円玉たりてる？』

『あるある……これは使えないから……別にしておく』

　初代が答えている。

　自販機は精密だ。ある意味、自販機は民間の手による偽造コイン発見機のようなものだ。

　しばらく、歩く音が聞こえた。通りを車が行き交う音だけがする。

「帯の間にでも挿し込んだのね」

　明田が言った。仲居同士の会話を聞いてもしょうがないと思っていた矢先だった。初代の声がした。

『東都建設さん、今日から築地で穴を掘るんですって……すぐに動かせる掘削機がないから、消防署のを借りるって言っていたわよ……』

　なんだって。涼子は息を詰めた。

　すぐに相手の女の声がかぶる。

『あぁ、そういえば東都建設の高平さん、昨夜に続いて連続来店だったわね。藤堂第一不動産の遠藤さんも一緒だったの、私も見たわ』

『ほかに都庁の樋口さんと女の人が一緒。私がお茶を取り替えているとき、言っていたわ。築地の穴掘り再開だって。遠藤さんが掘削機を全部集めろって言っていたけど、高平さんは、予定になかったから、動かせる台数は限りがあるって』

『なるほど、それで都庁の樋口さんの登場となったわけね。樋口さん、五年前まで中橋消防署に出向していたんだものね……掘削機付きの消防車って、あの人が発注したんでしょう』

目の前で美菜がいきなり、両手を股間に当てた。

美菜は興奮するとすぐにアソコを押す癖がある。仲居たちの話に頷きながら、右手を激しく動かしていた。

テーブルの下でも、あからさますぎる。自分のおまんこを掘削するなっ。

『奈央（なお）ちゃん、これは絶対また何かあるわよ。なんだかわからないけど、儲け話に決まっているでしょう。私は藤堂第一不動産と東都建設の株、買い増ししておくわよ。もっとも私らじゃ、千株足すのが精一杯だけどね。奈央ちゃんも乗る？』

初代が同僚に聞いている。相手は奈央というらしい。

『うん。私も千株ずつお願いする。明日現金で渡すわよ』

『わかった。戻ったら、すぐにパソコンから買い注文入れるから、任せて』

そこで、バンと音がした。マイクが切れた。百円玉マイクはやはり帯の間に挟み込まれていたに違いない。初代が腹を叩いのだ。あんたは力士か。

無音状態になったので、四人そろってイヤホンを外した。

明田が目を丸くしていた。

「赤坂の料亭の仲居さんが謎解きしてくれるとは思ってもいなかったわ」

岡田も続けた。

「証拠はなにもないが、事案の全貌がわかった気がします」

「証拠のひとつを私は見ました。中橋消防署の梯子車、掘削装置が取り付けられるようになっています」

美菜の眼が充血している。一回昇天した表情だ。ホッケ食べながらオナニーする女は最低だ。

明田が膝を叩いた。

「中橋消防署は、おそらく署ごと怪しいわ。それほど大胆なこと、ひとりの出向者で出来ることじゃない。東山さん、あなたはもう危険だから中橋消防署はパスしていいわ。たぶん中橋消防署もあなたを泳がせているんだと思う」

「たぶんそうだと思います」

美菜が答えた。逆追尾に遭っているようだ。

「代わりに都庁の職員を誰か釣ってちょうだい。樋口の周辺を当たって欲しいの。中橋消防署との間にどんな関係があるのか、都庁側から調べて欲しいの」

「釣るって？」

明田の命令に、美菜がきょとんとした表情を浮かべている。

「得意なんでしょう……合コン」

「はいっ。すぐに都庁の都市建設局に、合コンを申し入れます」

明田はそこで一息入れた。コーヒーを飲む。

涼子は鰹のタタキの最後の一切れに箸を伸ばした。そのために白米を一口分残してある。

「岡田君は藤堂第一不動産、東都建設、闇組織の関連性を徹底的に調査してちょうだい。この際、古巣の公安調査課の力を借りてもいいわ。この事案のことはうまく隠してね」

「わかりました」

岡田が了承した。

「秋川さんには、月曜日に箱根に乗り込んでもらいたいんだけど……法人会員専用だったわねぇ……どうしようかな」

明田がコーヒーカップをテーブルにおろしながら、考え込んだ。

涼子は即答した。

「そのホテル、東都建設が会員になってないはずがない……明朝すぐに高平に面会して、依頼してみます」

「それは危険すぎない？　拳銃所持の許可はまだ出せないわよ……」

明田が心配そうな顔をした。

「大丈夫です。処女ってわけでもありませんから」

涼子は平然と言ってのけた。

「鑑識が開発した新型眼鏡だけは持っていってね」

「わかりました」

2

芦ノ湖(あしのこ)が黄金色(ゴールド)に輝いている。その向こう側に見える富士山は赤く染まっていた。

涼子を乗せたタクシーは、湖畔の一般道路をほぼ半周したところで、いきなり左折した。山側だ。

「ここからはホテルの私道になります」

タクシードライバーが言う。

道幅は一般道よりも広く、道の両側にパームツリーがびっしり植えられていた。南国のリゾート地の雰囲気だ。

「その名の通り、パームホテルだわね」

「はい、なんでもフロリダのパームビーチの高級別荘地をイメージしたとかで、ホテルのテラスからは芦ノ湖が、まるで『マイ・レイク』のように見下ろせるようですよ」

「それはぜひ見てみたいわ」

さしずめ、芦ノ湖をパームビーチのワース湖に見立てているのだろう。

緩やかなスロープになっている私道をのぼり切ると、「藤堂パームホテル箱根」が見えてきた。緑の森に囲繞(いにょう)された白壁のコロニアル風の建物であった。

軒の突き出た車寄せには、すでにイギリスの近衛兵のような恰好したベルボーイがふたり待機していた。

どちらもがっしりとした体格だ。

「秋川様、お待ちしておりました」

ひとりが扉を押さえ、もうひとりがタクシーの後部トランクに回った。涼子は日ごろの自分の仕事に似ていると思った。

「お世話になります」

涼子は丁寧に頭を下げて、降車した。

エントランスロビーに歩を進めると、今度はモーニングを着た老人が出迎えてきた。

「どうも秋川様。お部屋にご案内します。支配人の丸山(まるやま)でございます」

すでに部屋のキーらしきものを手にしていた。

「あの、チェックインの手続きはよろしいのでしょうか……」

涼子は尋ねた。

「秋川様は正会員である東都建設様の一員ということで承（うけたまわ）っておりますので、記帳の必要はございません。高平様も遅くにお越しになると伺っておりますので、どうぞお気楽に」

モーニングを着た老人は、すぐにエレベーターのほうへ片手を向けた。

「ありがとうございます」

涼子は深々と頭を下げた。ベルボーイがバゲッジカートを押してきた。

それにしても巨体のベルボーイだった。しかもまるで格闘家のような雰囲気が感じられる。

エレベーターホールに進んだ。

そこに会員の法人名が列挙された金のプレートが飾られていた。およそ二百社の名前が刻まれていた。

涼子はエレバーターを待つ間、プレートにある社名を順に確認した。

あまり聞いたことのない社名が多い。

東都建設のような世間に知られた社名は十五社ほどだ。

残りの大半は、涼子がまったく知らない名前の社名、団体名である。

気になるのは、社名の後に興行、総業、観光、企画と付くものが多く、中には政治結社と思われる団体名もいくつか見受けられた。

「他のホテルでは、充分に寛(くつろ)げないというお客様のためにこのホテルは存在しておりますので……」

支配人が空咳をした。

三階のジュニアスイートに通された。窓辺に立つと、眼下に芦ノ湖の全貌が見渡せた。湖面は静かに闇を迎え入れようとしていた。

──たしかにマイ・レイク感たっぷりだわ。

ベッドに腰を下ろしたとたんにスマホが震え、メールが入った。

【二時間後に到着します。夕食はお部屋でもダイニングでもお好きな方でお召し上がりください。私は隣の部屋を取ってあります。到着したらすぐに連絡しますよ。バーでいろいろ相談しましょう】

東都建設の高平からだった。

高平にこのホテルに泊まりたいと依頼したときに、高平の眼が卑猥(ひわい)に輝いた。

宿泊の理由は、渋谷の鉄骨崩落事故の調査報告書を、じっくり書くためだと伝えた。

高平はそれならば、自分も同行したいと言い出した。

調査報告書に自分の意見も入れて欲しいとのことだったが、ほかにも新規の相談事があるということだった。

その相談事が何であるかは気になるところだ。

岡田が盗み見た沙織のスケジュールにあるパトロンに会う日と同じ日を指定した。

高平はあっさり承諾した。

涼子はこれを疑うよりも淫らな期待を込めた視線と受け止めた。

——しょうがない、一発やるのも覚悟するか。

了解した旨の返信をし、涼子はおもむろに持参してきたシャンパンピンクの下着に取り替えた。

もしそうなったら……やるならやるで高平の気を引きたい。

先輩の岡田が言うには「刑事にも色恋捜査はある」ということだ。

刑事にとってセックスは、もはや拳銃や格闘術のような武器だとも言うのだ。

微妙だが、むりやり納得するとしよう。

——ならば、回し蹴り感覚のエッチを見舞ってやる。

ガツンと一発という意味だ。

涼子はシンプルな黒のワンピースに着替え、ホテル内の散策に出た。

ロビーに降りると、ちょうど新たな客が入ってくるところだった。女性客が四人いた。

「小林様、いつもお世話になっております」

支配人がうやうやしく頭を垂れている。

――小林様……。

涼子はさりげなく、そう呼ばれた女を見やった。

――あの女だわ。

スマホで岡田から提供された写真資料を確認する。合致した。六本木のクラブ経営者、小林沙織である。

連れ立っているのは、配下のホステスたちのようである。涼子は動画撮影した。顔の前に構えたりせずに、下げたままの片手の中に収めたまま撮影した。

怪しまれないように、十秒ほどで切り上げる。

そのまま、中庭に面した廊下に向かう。

沙織たちは賑やかな声を上げながら、エレベーターホールへと消えていった。

さすがにパパと同伴してくるということではないようだ。

涼子は廊下に出た。芝生を敷き詰めた中庭を眺めながら奥へと進む。長い廊下だった。ホテルは表から見たよりも遥かに奥行きがあった。

しばらくすると、左側にメインダイニングが見えた。

「ダイニング・フロリダ」とある。

ワインの香りがする。すでにディナータイムに入っているようだ。入り口の前で立ち止まり中を覗いた。

テーブルと椅子は籐製。天井ではいくつものシーリングファンが回っている。ホノルルのクラシックホテルで見かけるような造りだ。

間隔を大きく取った席は、およそ二十席。

その一番奥まった席に、きちんとスーツを着たふたりの老人が食事をしていた。

どちらも光沢のあるスーツだった。

藤堂正樹と花村辰雄。すぐにわかった。

どちらも捜査資料で何度も見てきた顔だ。共に七十歳。どちらも銀髪だが、花村辰雄の頬には、刃物で抉られた古傷の痕があった。

――いずれにしても、役者がそろった。

「秋川様。お食事になさいますか？」

いきなり背中から声を掛けられた。

振り向くと角刈りの巨漢の男が立っていた。濃紺に太い縞柄のスーツを着ていたので、咄嗟には気が付かなかったが、よく見れば先ほどのベルボーイだった。ベルボーイ専用の丸い帽子を脱いでいたので、よけいにわからなかったのだ。

それにしても、いつの間に現れたのか、まったく気配が感じられなかった。不気味な感じさえする。

呆気に取られて見上げる涼子に、男は頬だけを緩ませた。

「いつも月曜日は、閑散としているので、オフになっている従業員が多いんです。ところが今週は突然予約が増えましてね。おかげでひとり三役ぐらいをこなしています。私、本田と申します。お席にご案内します。どうぞ」

本田に背中を押された。

「いえ、私はまだ結構です。初めてなので、館内をいろいろ散策しているところです。あの、バーはどちらにありますか」

涼子は切り返した。

「失礼いたしました。バーはこの先にあります。七時から開くのですが、いまから開けましょうか」

本田がバーのほうに向かおうとした。

「いいえ、それには及びません。あとで東都の方とご一緒するので、場所の確認をしたかっただけです。館内に他に何かおすすめのポイントはありますか？」

「ロビーの横に読書室がございます。小さな図書館のようなものです。それと中庭の向こう側には植物園があります。ただ本日はもう日が暮れてしまいましたから、どうぞ明日にでも、お出かけください……それと今夜は……特別に……いやそれは、高平さんがご到着されてからお聞きください」

本田は思わせぶりな言葉を吐いて、途中で切り上げてしまった。涼子は深追いしなかった。

ここは藤堂正樹と花村辰雄、それに小林沙織を発見しただけで充分だ。

「わかりました……では」

涼子は踵（きびす）を返して戻ることにした。廊下で男女二人組とすれ違った。凜（りん）とした顔の三十代半ばの女性と、エリートサラリーマン風の男。

背中で本田の声がする。

「お待ちしておりました。明田様、岡田様」

なんだ？　その名前。

涼子は振り返った。まったく見知らぬふたりだった。偶然としても出来過ぎている。いやな予感がした。

3

「お待たせしました」

午後八時。扉の外で高平の声がした。

部屋に戻り、隠し撮りした小林沙織の映像を明田真子に送った涼子は、仮眠をしていた。高平の声にあわてて立ち上がり、ワンピースの皺を伸ばした。

ついでに鏡の前でスカートを捲って、下着の様子を点検する。シャンパンピンクのショーツは艶やかであった。太腿に香水を振った。

さらにもうひとつ忘れてはならないものがあった。

カメラアイの付いた眼鏡だ。

重要対象者や現場を目撃した際に、警視庁で待機する明田に、実況中継するための秘密兵器だ。最初から掛けていたのでは、バレる恐れもあるので、まずはハンドバッグの中に忍ばせておく。

ここ一番のときに、この眼鏡を使用する。眼鏡のツルのちょうど耳朶の背後に隠れる部分をそっと撫でると、電波が飛ぶ仕組みだ。

電波を受けると同時に明田のタブレットが起動するのだ。そのタブレットには、自分が見ている光景と同じ像が転送される。

危険な目に遭っても、自動的に援軍を出してもらうことができる。

そのカメラアイ眼鏡をバックに入れて、涼子は立ち上がった。

――よしっ。

気合を入れて、扉を開けた。

高平の顔があった。

濃紺のジャケットにグレイのパンツ。ボタンダウンのシャツにノーネクタイというラフないでたちだった。社にいるときよりも顔色がいい。

「食事はした？」

いきなり口調もラフになった。

「結局、まだで……」

ひとりでダイニングで食事するのも、ルームサービスを取るのも気が進まなかったからだ。

「だったら、バーで、スコッチとステーキサンドイッチという手もある」

高平が一杯飲むポーズをした。

「それいいですね。私はビールとハンバーガーがいいです」

「体育会系女子だな……」

高平の言葉にうっかり「警察官ですから……」と答えそうになり、あわてて呑み込んだ。

「もともとは警備員になろうと思っていたのが、たまたまコンサルティング業務に回されたわけですから……根は体育会女子です」

偽装には本業の要素をほんの少し混ぜるのが効果的だ。

高平と共に一階のバーに入った。メインダイニングと同じく、こちらも籐製のソファを基調とした高級リゾート地のムード満載のバーである。

「名物はパパ・ダイキリだよ。フローズン・ダイキリだが小説家のヘミングウェイが愛飲していたせいで、そう呼ばれるようになったカクテルだ。藤堂正樹氏も周囲からパパと呼ばれているので、気に入って飲むようになったそうだ」

高平が蘊蓄を語りながらソファに腰を下ろした。奥まった位置にあるコーナーの席だ。

「なるほどパパ藤堂なわけですね……」

どんどん、繋がっていく。少し調子が良すぎるので、慎重になることにした。

すでに高平がこちらの素性を割っている可能性もある。

高平はシングルモルトのオンザロックとステーキサンドをオーダーした。涼子は予定通り生ビールとハンバーガーにした。

潜入捜査ではあるが、やはりこうした場所に来ると寛いだ気分になる。

他に客が少なかったせいか、飲み物も軽食もすぐに来た。

乾杯する。傍目(はため)には不倫カップルだ。ビールはコクのある味だった。

「相談があるって言っていましたけど……それは」

涼子は口に付いた泡を紙ナプキンで拭いながら、聞いた。セックスを切り出されるのなら、早い方がいい。

ささっと男と女の関係になって、深い情報を取りにかかりたかった。

「実はさ……」

高平は首を回してあたりの様子を窺っている。周囲に人の気配はない。涼子は身構えた。本能的に膝頭がぴたりとくっついた。

切り出してきた。

「藤堂さんが、都内にもうひとつホテルを建てようとしている」

「えっ」

くっつけた膝頭が、ぱかっと離れた。道端でハイヒールの底が引っかかって、転倒しそうになった気分だ。

「あの、秋川さん……股を閉じてくれませんか。奥が丸見えです。気が散って話を続けられない」

高平に諭(さと)された。

涼子は顔から火が出る思いだった。膝を閉じ、やっとの思いで、気持ちを切り替える。

「藤堂第一不動産は、都内にもたくさんホテルをお持ちじゃないですか」

都内どころか全国にビジネスホテルを展開しているのは誰でも知っていることだ。藤堂イン——主要駅の付近にはたいてい存在するため現代の駅前旅館と言われている。

「いや、藤堂さんとしては、グループの旗艦となるようなホテルを持ちたいのさ。ステータスを上げたいんだろうな」

「都心にシティホテルを建てたいということですか……」

セックスに向いていた脳に水を掛けるような話だった。涼子はビールを呷(あお)った。冷えたビールのおかげで、すこしだけ脳がクリアになってきた。

「……ですけど東京オリンピックにはもう間に合わないでしょうに……」

オリンピックに向けたホテル戦争はすでに始まっている。もはや乗り遅れているとしか言いようがない。

高平の眼が笑った。

「目標はオリンピックじゃない。二〇二五年ぐらいをめどに、藤堂第一不動産はホテルを含む総合レジャー施設を開業しようと、躍起になっている」

涼子はゲップをしそうになった。ビールのせいではない。次々に核心に近い情報が飛んできて、脳が処理しきれなくなって、様々なものが口から出そうになっているのだ。

「どこに……ですか？」

思わず訊いた。

「まだ言えない。だが、もうじき、はっきりする」

おそらく築地を目論んでいる。

「もちろん、東都建設がゼネコンとして引き受けるわけだけど……そのためには、渋谷の件が絶対に、当社の過失となってはならない。秋川さん頼むよ。どうかあれは、不可抗力だったという調査結果でまとめてくれ」

高平がテーブルに手を突いて、いきなり頭を下げてきた。いまにも土下座しそうな勢いだ。

「わ、わかっています。そのつもりで報告書をあげるつもりです。国建省をどう納得させるか、それを熟考するために、ここにやってきたのですから」

涼子はそう告げた。これは最初から用意していた口実だった。

高平が満足そうな笑みを浮かべ、顔をあげた。

「いずれ朝陽警備さんの上の方には、きちんとお礼をしに……」

赤坂で涼子に直接渡そうとした賄賂金のことを指しているようだ。

「それは、無事、国建省の調査委を説き伏せられたときということで、いいかと思います」

涼子は曖昧に返事した。どうせ、そういうことにはならないのだ。時間が来れば、国建省は独自に動き出す。ほんの二週間、警視庁の顔を立てて、保留しているに過ぎないのだ。

渋谷と築地で事件が起こって、すでに一週間がたっている。

警視庁に与えられた時間は、あまり残っていなかった。

高平は葉巻を取り出した。ハバナ産だと自慢しながら、火をつけた。

「とにかく、秋川さんの奮闘にかかっている……どうだろう……もう一杯ずつ飲んだら、報告書を書く前の、息抜きをしませんか」

天井に向けて煙を吐きながら、いやらしい視線を向けてきた。

――やっぱり、やるんだ。

涼子は左右の膝頭と内股を寄せ合わせた。もう一回下着の様子を点検したいが、その時間はなさそうだった。

3

高平がバーの前をさらに奥へと進んでいく。エレベーターホールの方向ではない。

涼子は戸惑いながら後を追った。

廊下の最奥にたどり着いたところで、高平が立ちどまった。

「いろんな人達がいますが、ここで見たことはすべて、内緒です」

目の前の扉には「パームクラブ」とあった。

——ひょっとして、乱交パーティとか？

ふとそんな言葉が頭をよぎった。さすがにそれはいやだ。返事が出来ないまま、身体を硬直させていると、高平は、かまわず扉を開けた。

「いやぁああ、私の負けぇ？」

いきなり女の艶めかしい声がした。酒と煙草の匂いもする。

涼子は恐る恐る室内に入った。

乱交クラブではなかった。

カジノだ。ラスベガスとかマカオの観光ガイドで見るカジノが、そのまま目の前にある。涼子は混乱した。

ブラックジャックの台の前で、女がワンピースのファスナーを下ろしている。いきなりブラジャーとパンティになった姿を目撃することになった。

これはいったい、どういうシステムなのだ。

部屋の広さはちょうど高校の教室ぐらいの大きさだった。客は二十人ほど入っていた。間接照明ばかりなのと、煙草と葉巻の紫煙が舞っていて、それぞれの人間の顔はよく見えない。

窓はない。頽廃的なスロージャズが流れていた。

部屋の手前と最奥に巨大なルーレットの台がある。奥のほうの台の背後に扉があった。そこだけ鉄の扉のようだった。

左右の壁際にはブラックジャックとポーカーの台が合計六台ほど置かれていた。どの台もディーラーは金髪の白人だった。

「いずれ、ここも総合レジャー施設に生まれ変わる日が来るだろう。これは、藤堂グループが投資を集めるための、デモンストレーションルームだ」

このホテルが法人専用の会員制な訳がわかった。

そしてよくわからない多くの企業や団体が会員になっていたのも頷けた。このホテルは賭博場なのだ。

奥のルーレットに向かって歩いた。台を囲むようにして、数人の男たちが座っていた。男たちの背中に、それぞれ女が寄り添っている。

ひとりは関東闘魂会の総長花村辰雄だった。

「あのチップ一枚が十万円だ。ここに来る人たちは、だいたい一回に十枚張る。ルーレットはその数字ジャストで当たれば、三十六倍になる。十枚張っていれば一発で三千六百万円だ」

高平が教えてくれた。聞いても涼子には現実感のない数字だった。

即座に賭博開帳現行犯で逮捕したいところだが、換金の裏付けが取れなければ、それも叶わない。どこかのタイミングで、涼子はカメラ付き眼鏡を取り出そうと考えた。セックス場面ではなく、賭博現場の撮影となる。

　裁判のための証拠にはならないが、捜査資料には充分なり得る。組織犯罪対策課へ貸しを作ってやろうと考えた。

　ふたりでルーレットの台に近づいた。

　緑の布の上に、ゼロゼロから三十六までの数字がプリントされていた。赤と黒の数字に分かれている。十万円のチップがいたるところに山積みされていた。

「結局はホテル側が勝つ仕組みになっている。一晩に数億は上がる」

「それが、藤堂第一不動産の本格カジノ参入の資金となっているのね……それは貯まりますね」

　違法ですけど……という言葉は呑み込んだ。

　藤堂がどこにいるのか気になった。目を走らせた限り、ここにはいないようだ。代わりにブラックジャックの台の前に「明田」と「岡田」と名乗っていた男女を発見した。

「あのカップルも会員ですか？」

「あぁ、二週間前にもいたな。よくわからん。ここでは互いの素性を聞くのはタブーだから。だけどふたりが張っているのは、千円チップだな、十回負けても一万円。

ゲーセン感覚で遊んでいるんだろう。堅気だな……」

「なるほど」

「秋川さん、張ってみなよ」

高平がいきなりポケットから十万円のチップを十枚ほど取り出してきた。

「いえっ、それは出来ません」

顔の前で手を振って拒否した。

「なぁに、俺の代わりに、張ってくれればいいんだ。数字は俺が言う」

むりやりチップを渡され、席へと引っ張られた。

男たちの席の間に割り込むような形で座らされた。

目の前に花村辰雄がいる。頬に刃物で抉られたという伝説の傷跡があった。

左右に組員らしき男たち。恐ろしいほど迫力のある表情をしている。

カメラ付き眼鏡を取り出して、せめて、花村総長とその子分たちが賭場をしている現場を撮りたいが、顔を合わせただけで、死にそうな気分になった。

花村にはとてつもない威圧感があった。

組対課の連中は常にこんな男たちと対峙しているのかと思うと、やはり根性があるなと敬意を払う気持ちなる。あの課の連中は、庁内で見かけても、見かけが極道のようなので、毛嫌いしていたが、さもありなんと思った。極道に対抗するには自らも極道のような凄みを纏っていなければつとまらないのだ。

それよりもやばいことが起こった。

隣の男が涼子の顔を見て、首を傾げたのだ
涼子の心臓が早鐘を打った。

この男、都庁の都市建設局の樋口揮一郎だ。

捜査対象者なので写真資料を見て知っていた。美菜が合コンを申し込んでいるはずの男だ。

涼子は樋口と向き合わないように心がけた。目を合わせるのは禁物だ。

中渕裕子の警護担当になって十か月になる。その間、ほぼ毎日都庁に出入りしているのだ。都庁職員なら、涼子の顔を知っている可能性があった。

「十七番へ一枚。二十二番に三枚」

背後から高平の声がした。涼子は仕方なく言われた通りに置く。

隣の樋口はゼロ番、二番、十五番、二十番、三十六番に二枚ずつ張ってきた。一気に百万円。

その金はどこから出ている？

目の前に座っていた花村辰雄が背後にいた女に、「今度はあんたが賭けなさい。数字を」と聞いた。

ロビーに小林沙織と一緒にいた女のひとりだ。

白いチャイナドレスを着ていた。スリットが深い。

「ええ〜、わかんないな。じゃぁ、そこのお姉さんと同じ、十七番」

花村は涼子の置いたチップの上に、五十枚重ねてきた。五百万を一か所に張り込んでいる。ここに当たれば一億八千万円ということになる。

涼子は眩暈(めまい)を起こしそうになった。

「ノー・モア・ベット(張るのはそこまで)」

ルーレット盤を回転させた金髪のディーラーが宣言した。一同、手を引く。

玉が投げ入れられた。

誰もが固唾を飲んで、玉が落ちるのを見守った。

十回ほど回転していた玉が、スピードを失って、落ちた。

「フィフティーン(十五番)」

ディーラーが叫んで、番号の上に目印を置いた。

ズバリだ。ディーラーが大げさに両手を広げ、肩を竦めている。傍らにある小切手帳のようなものを開いて、ペンを走らせている。

樋口に七百二十枚のチップに相当する換金額証明書のようだ。七千二百万円ということだ。

樋口はすぐに立ち上がった。

「総長、勝ち抜けをしていいですか……」

換金額証明書を握ったまま許諾を得ている。

花村辰雄がうっすらと傷跡が残る頬を撫でた。

「あぁ、かまわんよ。だが築地の土壌調査のほうは、しっかり頼むぞ」

周囲にいた客たちが、席を外した。阿吽の呼吸のようだった。

「はい。本日午前中に、築地で商売をしている業者数社から、床下から妙な匂いがすると届け出があったので、さっそく東都建設さん傘下の地質検査会社に調査を依頼しました」

樋口が高平のほうを向きながら答えた。きちんと仕事をしています、と言いたいのだろう。

涼子の後ろに立っていた高平が樋口の会話を引き取った。

「ええ、さっそく明日検査に行くことになっております」

花村の眼に穏やかさが戻った。

「そうか、そうか。それはいい。皆さん、御苦労さんですな」

樋口が目礼して下がった。こちら側のルーレット台の背後には鉄の扉があった。その扉の中に入っていく。

花村は振り返った。チャイナドレスの女に言う。

「おいっ、おまえは負けたんだろう」

女は顔を強張らせ、花村の真横に進んだ。するするとドレスの裾を捲りあげている。

白のパンティが丸見えになった。

「負けちゃいましたね……」

女は言いながらパンティを下ろした。すぐに縦一文字に刈り揃えられた繊毛が現れる。

花村が繊毛に指を伸ばした。人差し指を鉤形に曲げている。

「あっ……」

女が顔を歪ませた。くちゅ、くちゅ、という猥褻な音が鳴り響いた。

ルーレット台を囲んでいた男たちの視線が、女の股間に集中していたが、花村は指を入れたまま、台の数字に目を走らせている。

それに気づいたディーラーが声を上げた。

「レディ・ゴー」

次の賭けが始まった。

豊洲も築地もこの男たちが自在に動かそうとしていることだけは確かだ。

涼子は、とにかく花村辰雄だけでも、的にかけねばならないと判断した。捜査対象とは異なるが、賭博の証拠映像を撮ることは可能だ。

犯罪の証拠にならなくても、使い道はいくらでもある。国内第二位の勢力を誇る暴力団の総長がルーレット台の前に座って、女の股を翻弄（ほんろう）しているのだ。

マスコミに流して、恥をかかせるという手もある。世間の注目が集まれば、動きにくくなるのが、ヤクザだ。

涼子はさりげなくハンドバッグを取った。中から黒ぶち眼鏡を取り出す。

左右の上縁に針の孔ほどのレンズが仕込まれていた。

「高平さん。私、気合を入れますね」

涼子は眼鏡をかけた。耳の上に乗せた部分をそっと撫でた。オンエアーだ。自分がいま見ている様子がそのまま明田真子のＰＣ他、連動しているタブレットやスマホに飛ぶ仕組みだ。

「じゃぁ、今度は十五番と行ってみよう。ここのルーレットは同じ番号が続く確率が高いんだ」

「わかりました」

涼子は十五番にチップを置いた。

「一枚は、あんたが好きな番号に張ったらどうだ……」

高平が肩に手を乗せてきた。微熱が伝わってくる。

「もし負けたら……目の前の女の子のようにされるのは、いやですけど」

確認した。

潜入女性刑事として多少のリスクは覚悟して来ているが、衆目の中で、辱めを受ける趣味はない。絶対に嫌だ。

「大丈夫だ。ここであんなことが出来るのは、花村さんと藤堂さんだけだ。俺はそんな大物ではないよ」

それならば……。

涼子はチップを三十三番に置いた。これでも野球はジャイアンツファンだ。永久名誉監督の背番号に賭ける。

周囲の客たちもそれぞれにチップを配置した。

ディーラーはすでに、ルーレットを回している。玉を投げ込んだ。

その直後に賭ける客たちもいる。ディーラーに客の張り具合を見て調整させないためらしい。なるほど、ベガスやマカオに観光に行く機会があったら、そうしたいものだ。

「ノー・モア・ベット」

一同が玉の落ちる先を見やる。息を呑んだまま止める瞬間だ。たしかにこの瞬間はエクスタシーを感じる。

玉の速度が遅くなった。何度か跳ね上がった。三十三番に向かっていくような気がした。

――それって、やばくない？

そう思った瞬間に玉は見事に三十三番に落ちた。

しまった。

ディーラーは涼子が張るのを見てから、玉を放り込んでいる。

狙えるってことだ……。

外すだけがディーラーの腕ではない。入れることも出来るのだ。涼子は胸底で舌を巻いた。

「おめでとう……秋川さんの当たりだ」

高平が耳元で囁いた。恐ろしく低い声で付け加えた。

「換金に行こう……三百六十万……これは上司じゃなくてあなたにだ」

おそらく先ほどの樋口も同じ手口で「ゲームに勝った」ということで金を与えられたのだろう。

愕然となりながらも涼子は頷いて立ち上がった。

潜入捜査を続行するしかない。

鉄の扉に進む涼子と高平の背中に花村が声を掛けた。

「渋谷の件も、よろしく頼みますよ……報告書というのはエンタテインメント性が高い方が読んでいて面白い」

うまいことを言う。

ぴんと来た。渋谷の事故も、築地で綾瀬静香を攫（さら）ったのも、この男の組員に違いない。

ということは、綾瀬静香はこのホテルに監禁されているのではないか。

もう一歩踏み込んでみる価値が上がってきた。

涼子は振り返って花村辰雄に伝えた。

「エンタメはやっぱりハッピーエンドがいいですね……そういう内容にしましょう」

「期待しているよ」

花村に激励された。

高平が鉄の扉を開けた。その背中を追うように中に入った。

カジノルームと同じぐらいの広さの応接室だった。中央に黒革のソファが据えられている。ローテーブルの上に紫色の風呂敷が広げられている。

壁際に巨大な金庫があった。

映画で見る銀行の大金庫のようなサイズだ。

さっき入ったはずの樋口はいなかった。さらにもうひとつ続き部屋があるようだった。扉がある。その扉が開いた。

「おめでとうございます。秋川さん」

藤堂正樹本人だった。銀髪をオールバックに撫でつけている。血色のいい七十歳だった。

涼子はその藤堂を見据えた。レンズがそのままこの光景を捉えている。

「初めまして。朝陽警備保障の秋川と申します」

お辞儀をした。

「東都建設の件、よろしく頼みますね。東都さんは当社にとってかけがえのないパートナーです。今回の事故は幸い人命が奪われていません。いわば単純な崩落事故でしょう。秋川さん。完璧な企業などありませんよ。ひとつの事故で、有能なゼネコンを潰してしまっては、経済界の損失です……」

詭弁（きべん）である。藤堂は金庫に近づいていった。観音開きの扉を開ける。

中には札束と純金と思われる延べ棒が山と積まれていた。

これだけの大金と金の延べ棒などを見るのは、おそらく人生で最初で最後であろう。

涼子は凝視した。凝視すればするほど証拠映像が残る。

「これで……」

藤堂が札束を摑んだ。数えている。百万円の束を十個、まずテーブルの上の風呂敷に乗せた。ふたたび金庫に戻る。

――換金の決定的な瞬間が撮れそうだ。

そう思って藤堂の動きを見守っていたときだった。いきなりカジノ側の扉が開いた。

巨漢の男が入ってくる。本田というベルボーイの男だ。

「その眼鏡は何のつもりだ」

言うなり、頬を殴られた。正確な平手打ちだった。眼鏡が飛ぶ。続いて、腹部に本田の膝がめり込んでいた。

言葉を発する間もなく、涼子はその場に両膝を突き、前のめりに倒れた。

4

「やはり……な。カジノルームから微弱な電波が出ているから、おかしいなと思って来てみれば、このありさまだ」

頭上で床に転がった眼鏡を拾いあげた本田の声がした。

涼子は腹部を押さえたまま、うずくまっていた。状況の把握が必要だった。

横目で盗み見る。

「てめぇが、この女と一発やろうなどと、余計なことを考えるから、こうなったんだろうがっ」

　本田が高平を殴った。

「うっ」

　床に転がった高平の左肩を革靴の踵で踏んだ。硬い石を砕くように、踵をめり込ませている。

「あぁああ」

　高平が叫んだ。骨が折れる音がした。続いて本田は高平の脛に踵を乗せた。通称弁慶の泣き所だ。そこを本田は一息に踏んだ。盛大に折れる音がした。

　高平が絶叫した。だがそれは一瞬のことだった。気絶したらしい。

「本田君っ」

　藤堂が声を震わせている。本田は藤堂の胸襟を摑んだ。

「手緩いんだよ。堅気のやり方は……あんたらのテンポでやられたら、俺のケツに火がつく」

　本田が藤堂を突き飛ばした。藤堂はソファの上に崩れ落ちた。

　ここでの支配者は本田だ。そしてこの男は明らかに堅気ではない。

　徐々に状況認識が出来てきた。それでも、まだ腹部を押さえたまま、床にうつ伏していた。自分も気絶しているように見せかけるのがちょうどいい。

涼子は床にうつ伏したまま、反撃と脱出の機会を窺っていた。

「パパ」

小林沙織が飛びこんできて、藤堂に縋りついた。

「あんたねぇ。このチームの金主が誰かわかっているの」

沙織が本田に向かって毒づいている。肝の据わっている女だ。

「藤堂さんに手出しはしない。総長もあくまでも、表のボスはその人にやってもらうつもりだ」

「そうよ。市場移転とオリンピック施設の工事遅延で、まもなく都政は混乱するわ。そのときにはパパが立つんでしょう」

「そういう構図だ。だが、絵を描いているのは俺たちだってことを忘れないほうがいい。あんたらのビジネスは、あくまでも、俺たちという暴力装置があって、成立しているということを忘れちゃいけない」

本田の威嚇に藤堂が乱れた頭髪を指で直しながら言った。

「わかっているさ。ただ、逆に言えばあんたら暴力団はあくまでも裏方だ。表に出て何かが出来る時代じゃない。表の看板がなければ、大きな仕事は出来ないだろう。持ちつ持たれつだ」

ヤクザの幹部と巨大企業のオーナーが立ち位置の確認をしあっていた。めったに見られる光景ではない。

「おいっ、ミーティングはそれぐらいにしねぇかい」

のっそりと花村辰雄が入ってきた。先にいた三人が姿勢を正す。藤堂正樹までもだ。

「問題はこの女だ」

花村の靴が涼子の顔の前に来た。顔面を蹴り上げられるのか……涼子の肩に力が入った。びくりと震える。

「なんだ、意識があるんじゃねぇか」

花村がしゃがんで涼子の顔を覗き込んできた。無造作に手を伸ばしてくる。顎を摑まれ、顔を上向きにさせられる。

涼子は四つん這いの恰好になった。サマードレスの胸襟が下方に垂れ、大きな隙間が出来ている。

「神戸の差し金か？」

氷結したような眼で見据えられた。涼子は首を横に振った。

「たとえそうでも、そうは言わないよなぁ」

花村が手を伸ばしてきた。胸襟から片手を挿し込んでくる。腕ごと入れてくる。ブラジャーの内側に指が入り込んできた。

「あっ、いやっ」

涼子は上半身をくねらせた。

「それとも、桜田門の牝犬か？」

表情を変えぬまま乳房を握ってくる。何度か揉まれた。極道界の大立者の指先は冷たかった。

涼子は唇を噛んで、さらに首を横に振った。

乳首を摘まれた。

「誰に頼まれた？」

言いながらさらに乳首をきつく摘まれた。摘まれた右の乳首が硬直した。恐怖の底にいても、乳首の先端からは甘やかな快美感が広がってくる。

「眼鏡は横浜の中華街に遊びに行ったときに、土産物屋（みやげもの）で買ったものです。皆さんが何を言っているのかわかりません」

涼子は精一杯、可憐な表情を作った。花村は首を捻った。

「裸になれ」

「えっ？」

「何という土産物屋だ？」

乳首を捏ねながら聞いてくる。軽いタッチに変わっている。このほうが利く。花村の愛撫は巧みだった。

「あんっ、あはっ……それは……」

涼子はもっとも有名な土産物店の名前を伝えた。確かにサングラスや度の入っていないファッショングラスは売っているが、カメラ付きのグラスなど売っているはずがない。

「明日になれば、わかることだぞ」

花村がもう片一方の乳首に指を移動させた。指腹でベルを押すように触られた。

「んんんっ」

乳房のふもとまで淫らな電流が走る。涼子は尻を激しく震わせた。

快感に尻を震わせていても、脳はまだ冷静だった。

——明日になればわかるということなら、すぐにはわからないということだ。まだ十二時間ちかく余裕がある……。

「全部脱げ……自分で脱げ」

もう一度言われた。

涼子は観念した。ヤクザは男でも女でも、監禁する相手は必ず真っ裸にする。逃亡防止のためだ。

いざとなったら、真っ裸でも逃げる覚悟はある。

涼子は一度立ち上がって、サマードレスを脱いだ。唇を噛みながらドレスを足元に落とした。

シャンパンピンクのブラとパンティが現れる。

花村の指が侵入していたせいで、ブラカップが片側だけ捲れていた。

硬直した乳首が顔を出している。サクランボのようなサイズだ。

死ぬほど恥ずかしい。

やおら本田が近づいて来た。

「総長……ちょっとこの女の筋肉を触ってもいいですか」

「おぉ、筋肉でも、おめちょでも、好きなところ、いじくってみたらいい。誠二郎、おまえが見つけた女だ」

そう言って花村はひとり掛けのソファに腰を掛けた。三人掛けのソファには藤堂正樹と小林沙織が座っている。

涼子はローテーブルの前に立たされた。本田誠二郎に背筋を撫でられる。愛撫でなく、点検するような指先だった。筋肉の弾力を確認しているようだ。

「事務系の女にしては、鍛えている身体だ。おまえやっぱり刑事だな……」

いきなり足払いを掛けてきた。

涼子はその本田の爪先の動きを見切っていた。だが飛び跳ねて避けるのは止めた。

これは反射神経のテストだ。

「あっ、痛いっ」

涼子は足首を蹴られ、横に吹っ飛んだ。

壁にしとど肩と肘を打ち付けて、そのまま、床に尻を落とす。

二メートルぐらい先に高平が転がっていた。意識は回復しているが、脛と右肩に力が入らないため、寝返りさえ打てないようだ。ときおり身体を揺すって、もがいている。骨折は時間を追うごとに痛みが全身に広がっていくものだ。

涼子は壁に背を付けたまま、睥睨（へいげい）する本田を見上げた。両脚は立てていたが、膝は閉じていた。

次は何をされる……。

本田は涼子の脛を見ていた。高平のように歩けなくするのも、常とう手段だろう。

それは涼子にとっても痛い。

裸で逃げるのは、女のプライドを捨てれば可能だが、脛を折られては、どうにもならない。しかも短時間で回復はしない。

「本田っ。その女を傷ものにしないで。女の処分は私の役よ。仕事を取らないで」

小林沙織が叫んでいる。これだけの男たちを相手に、独特の立ち位置にいる女のようだ。

本田が振り返った。

「マカオに飛ばすのか」

「この場を見られた限りは、野放しには出来ないでしょう。失踪者ということになってもらいましょう」

この女の言っていることが、一番怖い。

――マカオってどういうことだ。

「だったら、かまわない。この筋肉の鍛え方は、セキュリティコンサルタントなんかじゃない。まぁ、たとえ刑事だったとしても、マカオに飛ばしてしまうのなら、俺が痛めつける必要もない……あとは任せたよ」

本田はそれだけ言うと高平の身柄を抱えて、応接室を出ていった。カメラ付き眼鏡も持っていかれた。

部屋には藤堂、花村、沙織の三人が残っている。

花村が涼子に再度、引導を渡してきた。

「ブラジャーもパンティも、脱げよ」

みずからが手を下すつもりはないらしい。視線を乳房と股間に交互に這わせ、下卑(げび)た笑いを浮かべている。

涼子は壁に背を付けたまま、背中に手を回してブラホックを外した。引力の法則で、カップが前に落ちる。

双乳が露わになった。涼子は恥ずかしさに顔を背けた。

「あらまぁ、秋川さん、乳首がビンビン。見られて勃起する子は、人気が出るわ」

沙織にじっと見つめられた。見つめながら、藤堂の股間を撫でて、ファスナーを下ろしている。

「パパもビンビンになっているの？」

ズボンを脱がせにかかっている。藤堂は花村の顔を見て一瞬逡巡したが、すぐに自らベルトに手をかけた。

「もうどうせ、総長や本田には、おまえとやっているのを盗撮されて、見られているんだから、いいか……」

藤堂は上擦（うわず）った声を上げ、自分でズボンとトランクスを一気に引き下ろし、いきなり男根を露出させた。

太い。大根のようだった。ただし完全には勃起していない。

「そうさ、藤堂さんももうカッコつけない方がいい。一緒にやろうや。昔は盃、いまは女で兄弟になるんだ。回しっこしようや」

花村が藤堂の白い巨根を見やりながら立ち上がり、涼子に向かってきた。極道らしく凶暴な性的嗜好の持ち主のようだ。

「こら、もったいぶっているんじゃねぇぞ。パンティをさっさと脱いで、まんこを見せろ」

白髪を振り乱しながら言っている。

花村の眼の底から狂気が浮かび上がってきていた。

「い、いますぐ脱ぎます。ここ、見せますから、乱暴をしないでください」

この状況では脱ぐしかない。

涼子は足首を揃え、前に突き出し、尻を浮かせて、パンティを脱いだ。

沙織が声を上げた。

「パパ、新しいおまんこが見られるわよ」

「おぉ、新まん……まだ襞がくっついているぞ」

二メートルほど離れた位置のソファに座っている藤堂が上半身を倒して、涼子の股間を覗いてくる。

じっとりとした視線だった。

涼子は唇をきつく結んだまま、ピンクのパンティを足首から抜いた。

「脚を閉じるな。左右に開け」

花村の容赦のない声が飛んできた。

「そうよ。開いてっ。脚だけじゃなくて、自分でVサインして」

沙織が追い打ちをかけるように叫ぶ。

「えっ」

さすがに涼子は躊躇(ちゅうちょ)した。もはや、やられることは覚悟している。しかし、みずから、女の中心部を寛げて見世物になることは耐えがたい。

「それは、無理です。犯すなら犯してくださいっ」

脚を閉じたまま、叫んだ。

「ほう……」

花村が背広を脱ぎ始めた。

ワイシャツも脱ぎ、ズボンを下ろすと、見事な唐獅子模様の刺青(いれずみ)が現れた。白褌(ふんどし)一枚になった花村が、沙織に声を掛けた。

「注射器を貸せ」

沙織がハンドバッグから、小型の注射器を取り出し、床に転がした。花村が拾い上げた。

「覚せい剤(ポン)や。ポン中にしてやるよ」

ヤクザはとことん追い込んでくる。

「いやっ」

「俺も、出来れば打ちたくないんだ。薬物中毒(ポンチュウ)の女は価格が下がるからな。だけどな、俺らの世界では、やれと言ったことに対して無理って返事をする女は、打つしかないんだよ。従順という言葉を覚えてもらうためにはな……」

花村が注射器のシリンダーを軽く押した。針の先から、シュッと霧が吹く。

この男は本気だ。確実に、覚せい剤を打ち込んでくる。

花村にすぐに腕を取り上げられた。静脈を探している。涼子は失禁しそうになったのを必死に堪えた。

「脚、開きます。アソコもちゃんと見せます。私に注射を打たないでください」

涼子の双眸から涙がこぼれ落ちた。

演技ではない。自然に涙がこぼれ落ちてくる。かつて味わったことのない恐怖に囚われた。

「まだカッコつけているなぁ。アソコってなんだよ。ええっ、こらっ」

花村が静脈にぶすりと針を射し込んできた。そのままシリンダーを押そうとする。躊躇のない仕草だ。

「おまんこ、見せます、ちゃんと開いて見せます。いますぐやりますからっ」

涼子は絶叫した。脳が羞恥に砕けて、発狂しそうだった。

「ほう……頭の良い女でよかった」

花村は腕から抜いた注射器を手にしたまま、半歩下がった。藤堂に股間が見えるように、脇にずれた。

涼子は急いで両脚を拡げた。新体操の選手みたいに大開脚して見せた。

「あぁあ」

女の中心部が半分ほど寛いだ。

「おぉお、筋が割れている」

藤堂が歓喜の声を上げた。大根のような肉幹が一気に硬度を増している。

小林沙織がソファの上に四つん這いになり、藤堂の亀頭を舐め始めた。巨根がビクビクと震えている。

「新まんを見ながら、舐められるのは、最高の気分だ」

藤堂は眼を細めながら、沙織のチャイナドレスの裾を捲った。すでにノーパンだった。藤堂が長い腕を伸ばし、沙織の肉所をいじり始めた。ねちゃ、くちゃと音がする。

「そっちも開いて見せろ。もっと奥の奥まで、見せろ」

藤堂が叫んだ。

涼子は慌てて、肉扉を寛げた。とろりと蜜が垂れてくる。どうして女はこんな場面でも濡れるんだろう……。

「おぉ、いいぞ、いいぞ」

藤堂が激しく指を動かしている。

「あっ、いやっ、パパ、指も太いっ」

沙織が巨根に頰ずりしながら、うっとりとした表情を見せた。

「視覚と触覚で、それぞれ違うおまんこを楽しめるというのは、乱交の醍醐味だ」

「あんた、オナニーしろ。俺はそういうのを見ないと勃起しない」

そう言って花村が褌を解き始めた。刺青は全身にびっしり入っていた。

涼子は言われるままに、肉裂の狭間に人差し指を這わせた。

「本気でやらないと、注射だ……」

しゅっ、と針先から霧を飛ばす。これは拳銃を発砲される以上の恐怖だ。

涼子は懸命に指を動かした。花芯を摩擦する。

オナニーの習慣がないわけではないが、強制されたのは初めてだった。

「クリトリスを潰せ」

花村にさらに命じられた。

涼子は、恐る恐る肉芽に指腹を近付ける。

「自分で押すんだ。気絶してしまうまで、押しつぶせ」

なんということを言うのだ。

それでも涼子は、

「はいっ」

と返事をした。

自分の頭に銃口を突きつけて、トリガーを引くようなものだ。

この先、いったいどうなるのか、皆目わからなかった。

だいたい、他人に言われて、クリトリスを押したことなどあるわけがない。

涼子は目を瞑(つぶ)って、人差し指に力を込めた。

軟体動物のように、にゅる、にゅる、と蠢(うごめ)く肉タマを押した。

「あうっ」

思い切り押した。

そうでなければ花村の逆鱗に触れると思った。指腹が包皮の中へとめり込んだ。核心を潰す。ぎゅっ、と潰す。

「あぁあああああ」

淫撃が走った。涼子はのたうった。

「そんなんじゃだめだ。潰し方が弱すぎる。さっき誠二郎が高平の肩骨を砕いたぐらいの勢いで、押してみろ」

花村は褌を解き終わっていた。

「は、はいっ」

とにかく二つ返事で答えるしかなかった。

オナニーを初めて二十年。涼子はこれまで最大の圧力をかけてクリトリスを押した。

「ぁぁあああああああああああああ」

肉の真珠が破裂するかと思った。

腰が抜けた。もはや尻を持ち上げようとしても、動かない。脳内が痺れきっていた。

「何を呆けている。一回ぐらい昇天したからといって、休むんじゃない。膣にも指を入れて、搔き回せ。二本入れろ」

花村は容赦なく命じてくる。自分は肉茎を握りしめて摩擦している。藤堂とは対照的な肉茎で、赤銅色だった。天狗の鼻のように反り返っている。

「早く、搔き回せっ」

「はいっ、すぐに搔き回しますっ。あっ、うっ」

涼子は泣きながら肉層に人差し指と中指を入れた。蜜がしぶいた。

「うぅうう」

はしたなくも興奮した。秘孔の中はすでに火照りきっており、指を挿した途端に意思とは無関係に収縮を始めている。

「あんっ、あっ、はぅ」

喘いだ。恥も外聞もなく喘ぎ声を上げた。指を旋回させるようにグルングルンと回した。

ソファの上で四つん這いになっている沙織も嬌声を上げはじめている。

「あっ、パパ、その太い親指で、穴をズコズコするの、凄く気持ちいいっ」

尻をはげしく振って喜んでいる。フェラチオはしたままだ。

藤堂は虚ろな目で、涼子のオナニーを見つめている。

沙織が、いやいやをする赤ん坊のように尻を左右に振り、亀頭に舌を絡めたまま言った。

「いやんっ。あの女のまんちょをいじっているつもりで、動かしているでしょ。もうだめっ。沙織のまんちょのほうがいいって言ってっ」

「いやっ、まんちょはあの女のほうがいい。あの女、まんちょ美人だ」

藤堂はそう断言した。頭の中を快感と恐怖で支配されている自分にとって、この言葉はちょっと嬉しかった。

これでも女だ。まん処を褒められると気持ちはぐっと高揚する。涼子は柔らかくなった膣壁を、フルスピードで摩擦した。

藤堂のほうに熱い視線を送りながら、見せつけるように、ピストンしまくった。

沙織が明らかに嫉妬した。

「いやっ、パパ、なんでそんな意地悪なことを言うの」

沙織のほうは舐めるのを止めた。この女にとって、まん処を悪く言われるのは、人格を否定される以上に屈辱なのだろう。

「おまえには別ないいところがある」

藤堂は沙織のほうを向くでもなく、あくまでも涼子の割れ目に視線を注ぎながら言っていた。

「そろそろ熟したかな……」

花村が言った。肉棹を握っていた右手を離した。反り返った亀頭が臍を打った。

「はい……もうこんなに」

涼子は指を抜いて見せた。とろ蜜が付着した人差し指と中指はふやけていた。

「床に四つん這いになれ」

「はい……」

涼子は床に手を突き、額を低くし尻を高く上げた。

「藤堂さん、あなたも沙織をこっちに連れてきなさい」

「総長、もう、にらめっこの時間かな……」

「さよう……」

何をする気だ。にらめっこってなんだ？

このふたりは、セックスに対する感覚が尋常ではなかった。

「パパっ、私のいいところって、どこ？」

沙織は媚態を振りまきながら、床に降りてきた。

涼子の顔の前で、四つん這いになった。同じようにうつ伏して、尻だけを掲げている。

女がふたり床に顎を乗せた恰好で向かい合っていた。

「なんか、照れるよ、私……」

沙織が涼子に言った。涼子は無視した。

「はっ」

涼子の尻たぼが割られた。花村が、亀頭を肉芽に擦りつけ、馴染ませている。

「あっ、んわっ」

肉芽はすでに敏感になりすぎていて、亀頭で押されただけで、早くも昇天してしまった。膣穴から、どろりと粘液を溢れさせる。

「このスケベが」

花村に屈辱的な言葉を浴びせられて、唇を噛んだとたんに埋め込まれた。

「あぁああ〜ん」

見た目以上に硬質な肉の先端が、膣口を割り裂いて、ずいずいと押し入ってきた。

特に鰓が硬い。

「あぁあああ」

床に額をこすり付けた。

「沙織の顔から目を離すんじゃないっ」

びしゃっ、と花村に尻を叩かれた。尻が真っ赤に腫れそうなほどに強く叩いてきた。

涼子は顔を上げた。

「先に、目を瞑ったほうが、負けだ。負けたほうが今夜の餌食だ……」

言いながら鰓を引き上げていく。

「あぁあああああ」

涼子の膣壁が猛烈に逆撫でされた。

「餌食って、何ですか……」

掠れた声で聞いた。

「カジノルームにいる男全員とやるんだ」

「そ、そんなっ」

涼子は目を大きく見開いた。そして、目の前の沙織の顔を睨みつけた。

沙織はまだ挿入されておらず、悠然と見返してきた。「私に勝てる?」という顔だ。

「先週負けた女は、連続で二十人に嵌められた。おかげで純情な性格が淫乱に変わってしまったようだ。いまも隣の部屋で、樋口に嵌められている」

それは何とか避けたい。

「それじゃぁ、沙織も勝負といくか」

藤堂がその巨大な亀頭を、沙織の尻山の間に割り込ませようとしていた。沙織の眉間に急に皺が寄った。

「パパ、そこ、いつもと違ってよ」

振り向いて言っている。

「その女から、目を離すんじゃないっ」

藤堂が怒鳴った。

「総長、いまの一回はナシだ。ここから本番だ」

「よかろう」

花村が膣の中で、ドリルのように男根を捻りながら挿し込んでくる。

「あっ」

涼子は叫び、床に乳房を押し付けた。それでも、必死に瞼を上げ、沙織の顔を見つめ続けた。相手はセックスに長けた女だと思うが、忍耐なら警察官だって半端じゃない。涼子は意地になった。

最初は自信ありげだった沙織の顔が、頼りなくなっていた。

「パパったら、そこは、違うってば。どういうこと。パパのは膣でもやっとなんだから、後ろは無理よ。ぜったいに無理よ」

「沙織。少しはその女にハンデをやれよ。普通にセックスしたんじゃ、おまえが勝つに決まっている。それじゃあ、つまらんよ」

　藤堂が腰を押した。

「嘘っ、それはありえない」

　沙織が身を捩った。藤堂が沙織の髪の毛を掴んだ。

「その言葉自体が、ありえないだろう。最近、少し図に乗ってねぇか、沙織」

「そんな、私は忠実にパパたちの命令に従っているでしょう」

「いや、先週の赤坂のホテルの件はおかしいだろう。おまえの相手の顔がぜんぜん映っていない」

「えっ？」

「おまえのほうが、仕掛けられていたんだよ。あの男はリストラされたサラリーマンなんかじゃない。間違いなく神戸からの刺客だ」

　言うなり藤堂が、腰を沙織の尻に密着させた。

　どこになにが挿入されているのかは、涼子の位置からでは見えなかったが、想像は出来る。

　あんな巨物を、女の孔ではなく狭い方の孔に入られたら……想像しただけで、涼子は背筋が凍った。

　案の定、沙織は狂乱の声を上げた。

「あぁあああああ……むりっ」

顎を上げ、天井を向いて口を大きく開けた。

瞼は完全に閉じられていた。その閉じた瞼の縁から、一筋の涙がすっとこぼれ落ちてきた。

「あぁああ」

同情している余裕は与えられなかった。

「あんた、ついている。今夜は、わしと藤堂さんだけの相手だ」

花村が激しくピストンしてきた。

5

朝五時だった。

涼子は敷地内にあるヘリポートに連れ出されていた。

花村と藤堂のふたりによる淫交は六時間にわたって繰り返されたが、カジノルームでは大勢の男が小林沙織に群がっていたことを思えば、まだ幸いだった。

疲労困憊（こんぱい）し記憶すら曖昧になってきたところで、ようやくセックスバトルは終了となった。恐ろしいほど体力のある老人たちだった。

涼子は黄色のチャイナドレスを着せられていた。下着は与えられていない。脇に本田が立っていた。涼子が犯されている間中、眠っていたと見え、本田はすっきりとした顔している。

「もうじき、おまえを運ぶヘリがやって来る」

暁(あかつき)の空を見上げながら、本田が煙草を咥えた。メビウスだった。

「マカオに売り飛ばされるみたいだけど、せめて下着ぐらい穿かせて欲しいです」

涼子は股間を押さえた。薄いドレスから陰毛が透けて見えているのだ。

「おまえが今後の人生で、パンティを穿くことは、もうない。涼しい人生に慣れることだ……」

空に向かって煙を吐いた。

涼子は股底にも触れた。まだ潤いが残っていた。本田には気づかれないように、膣層の括約筋(かつやくきん)を収縮させてみた。感覚として膣層はぴったり締まっている。

藤堂の巨根にさんざん押し広げられたが、形状は元に戻っているようだ。

なぜだか安心した。

風に身体が揺れた。

正直、こうして立っているのも辛いほど疲労困憊していた。セックスがこれほど体力を奪うものだと、初めて知った。セックスは武器にもなるということだ。

ホテルのほうから数人の男女が歩いてきた。

「もう、私もふらふら。久しぶりにパパからお説教を食らったたって感じだわ」

小林沙織がガニ股で歩いてきた。股にまだ物が挟まっているような歩き方だが、口調ははっきりしていた。この女もセックスに関して異常者だった。

沙織の背後から男ふたりに両腕を取られた女がついて来た。

女は緑色のチャイナドレスを着せられていた。

綾瀬静香だった。

涼子はあえて素知らぬ態度を取った。救出対象者と出くわしたのだから慎重にならなければならない。

静香は焦点の定まらない視線をこちらに向けている。丸一週間、セックス漬けにされていたに違いない。

男はふたりだった。闘魂会の組員だろう。体格がしっかりしている。

涼子はふと、その背後に人影が動くのを見た。

昨夜、明田と岡田と名乗った二人組だった。ヘリポートの周囲を囲む巨木に隠れていた。

——明田と岡田……同業者か？

だとすれば、そのネーミングは符牒（ふちょう）ということになる。暗澹（あんたん）としていた心中に、わずかながら光明が差してきた。

涼子は背筋を伸ばした。ぎくりと腰が痛んだ。両脚のふくらはぎも張っている。セックス疲れだ。闘えないかもしれない。

芦ノ湖の方向からヘリコプターが見えてきた。富士山をバックに、白い機体がこちらに向かってきている。

「おぉ、おまえら、とりあえず、このふたりを新木場まで運べ」

本田が組員に叫んだ。

「ちょっと、来るのが早いんですけど……時間間違えたかな？」

沙織が空を見上げている。じっとヘリコプターを眺めている。

「定期航空便じゃないんだ。多少の誤差はあるだろう」

「時間には超正確な集団の所有するヘリなんですけどね」

ヘリが目視できる位置にまで、急降下してきた。ヘリの旋風に沙織の髪の毛が逆立つ。同時の眉も吊り上がった。

「違うっ、このヘリ、消防署のじゃないっ」

「なんだって」

本田が舌打ちをした。

涼子と静香のチャイナドレスが捲れ上がった。どちらも陰毛が丸見えになった。

涼子はヘリを見つめて、ポカンと口をあけた。

見覚えのあるカーキ色のヘリだ。交通課のヘリ。警視庁のマークは隠してあるが、あれは渋滞情報を観測するためのヘリだ。

――よりによって、その機を派遣してきましたか……。

捜査課や組対課に情報を流したくないからといって、渋滞観測ヘリはないだろう。

――なんか、ぜんぜんハードボイルドじゃない。

涼子は自分はノーパンでチャイナドレスまで着せられても踏ん張っているのだから、もう少し、部下の気持ちを忖度してくれてもいいのではないかと、若干の憤りを覚えた。

――たとえば、機動隊のジェットヘリとかさ。

「女をホテルに戻せっ」

本田が叫んだ。男たちが静香の腕を取って、引き返した。

涼子は本田に手首を摑まれた。

沙織がホテルに向かって走り出したが、すぐに転倒した。彼女もまたセックスによって疲労していたのだろう。

そのとき、パームツリーの陰から、ふたりの男女が駆けて寄ってきた。

「なんだ、おまえら」

ヤクザのひとりが、岡田と名乗った男に飛びかかろうとした。岡田は拳銃のようなものを取り出している。銃口をヤクザに向けた。

ここでぶっ放す気か？　何課の刑事だ？

岡田は引き金を引いた。銃声はなかった。じゅっ、と湯煙がしぶいた。

「うわぁああ」

ヤクザが顔を押さえたまま、地面に両膝を突いた。そのまま叫び続けている。

熱湯銃。これを使う部隊は警察庁内にひとつしかない。

——真木洋子率いる性活安全課……。

これは売春組織の内偵中ってことだ。それにしても偽名に明田と岡田を使うとは、洒落（しゃれ）が利いている。

真木洋子と思われる女も突進してきた。もうひとりのヤクザに銃を向けている。

いま仲間が顔面火傷（やけど）を負って倒れるのを見たヤクザは、咄嗟に顔を背けた。

ばんっ。今度は銃声らしき音がした。ただし、火花は噴かない。火薬の匂いもしなかった。

だが、ふたりめのヤクザは、のけ反って倒れた。

「ぐわぁ、痛てぇよ。なんだその弾（たま）っ。それにどこを狙いやがる」

股間を押さえたまま、仰向けになって、痙攣を起こしている。

氷弾銃。これも性安課のＩＴ担当者が開発した銃である。発条(バネ)式で、氷の弾が飛び出す銃だ。現在警備九課でも導入を検討している。

どちらも正式銃ではないので、所持許可を必要としない。

ただし威力は実弾以上だ。氷の弾丸を至近距離で急所に打ち込まれた男は、白目を剝いて苦しがっている。

「睾丸に弾丸よ」

ショートカットに小顔の女がヤクザを見下ろして、にやりと笑った。

間違いない。この女性こそ、真木洋子だ。明田真子の親友にして最大のライバル。

その人に違いない。

ヘリが着地した。サイドの扉が開いている。乗務員が腕をぐるぐる回している。

『青信号、進めっ』のときにやる手回しだ。

――私服を着ているけれど、それ、どう見ても交通課の巡査の動きなんですけど

……。

「はよっ、はよ、乗ってや」

関西弁だった。警視庁にも関西弁はたくさんいる。

「走ってっ」

洋子が叫んだ。岡田と名乗る男が、綾瀬静香を抱き上げた。この男はいったい誰だ。

エリートに見えるが膂力もある。

真木と共に性安課の頭脳と呼ばれている公安出身のキャリアではないだろうか。

涼子は本田の腕を振り解こうとした。

「くそったれが、おまえら、神戸のモグラかよ。舐めた真似をしやがる」

本田にはそう見えたということだ。モグラとは潜入者のことだ。ヘリコプターの乗務員が関西弁だったのでそう見えたらしい。

涼子は渾身の力を込めて身体を捩った。腰がちぎれるのではないかと思うほど激痛が走った。

足首を最大限に伸ばして、回し蹴りを放った。涼子の得意技だった。爪先が見事、本田の腹部にめり込んだ。

「うっ」

本田が呻いた。だが、倒れはしなかった。膝もつかない。苦しそうに顔を歪めたが、その両手は、しっかり涼子の足首を握っていた。

「おまえ、神戸の誰の女だ……」

曲げた右腕に挟んで片足を持ち上げてきた。

「ううう、あっ」

チャイナドレスから伸びた脚が捻り上げられる。

本田は恐ろしいほどの腕力の持ち主だった。まるでプロレスラーだ。

「ううううう」

涼子はもがき、呻き声を上げげた。

「逃げられないようにしてやる」

ギクッという音がした。

太腿の付け根あたりに激痛が走った。股関節が割れそうな勢いだ。

「あぁあああ、脚が……」

脚の角度が上がったので、チャイナドレスの裾が最大限に捲れ上がった。

もとよりノーパンだ。陰毛が露呈される。

陰毛だけならまだいい……足首を掴んでいる本田の顔に、女の割れ目が向いていた。

この期に及んでも、恥ずかしさで耳朶まで火照った。

「折ってやる」

ぐいっ、と太腿を捻転された。

「あぁあああぁ」

激痛に頬を歪めながらも涼子は本田を狙みつけた。くちゅと、おまんこが半開いた。

本能的に本田の視線が濡れた花びらに注がれる。

涼子は背水の陣で、もう一方の脚を蹴り上げた。自分の身体が宙に浮く。フライング・キックだ。

左足の爪先が、本田の顎を砕いた。本田はもんどり打ち、右脚を抱えていた腕が離れた。涼子はそのまま、コンクリートの上に尻から落ちた。

チャイナドレスの前見頃が捲れて、顔に落ちてくる。おまんこをヘリコプターの乗降口に向けたままだった。いっそ死んだ方がマシだ。

「頑張って、走って」

ヘリコプターの乗務員から声を掛けられた。おまんこに向かって言っている。

「くそぉおお」

涼子は起き上がり『ダイ・ハード』のブルース・ウィリスになったつもりで、ヘリコプターに向かって走った。

本田も半身を起こしていた。その股間に向かって、真木が氷弾を打ち込んだ。性安課は、狙うのは股間と決めているようだ。

ヘリが浮上し始めている。乗務員と真木が差し出した手を摑み、涼子は必死によじ登った。チャイナドレスがやたらと捲れ上がる。

その光景を、地上から、口辺を歪めた本田が見上げていた。

その横に小林沙織も転がったままだった。

「捜査中のセックスは、格闘の一種だと思うことね。いちいち傷つかないようにね……」

ヘリが上空で水平飛行になったとき、真木洋子にそう慰められた。

そういう考え方もある。

涼子は少し気が楽になった。

「ここにいるのは性安課の岡崎雄三。公安時代にそちらの岡田潤平君と一緒だったそうよ」

岡崎雄三が頷いた。真木が続けた。

「こっちはこっちで、小林沙織の管理売春を内偵していたの。先月うちが挙げた横浜の線から、六本木を拠点とする日本人女性の人身輸出の件が発覚したので、追っていたわけよ」

「そうだったんですか……」

「そしたら、夕べ、真子ちゃんから連絡が入って、警備の九課一係がひとり捕まっているんで、救出して欲しいって……」

「それは申し訳ありませんでした。私がドジ踏んだために、性安課の内偵まで台無しにしちゃって……」

「いいのよ。真子ちゃんと交換取引したから。小林沙織とそのグループはそっちで潰してくれるって……」

それ以外、この恩を返す方法はないだろう。

「はいっ、私も、それは全力でやります」

涼子は頭を下げた。身体のあちこちの骨と筋肉が軋み、悲鳴を上げた。

窓から、別のヘリコプターの姿が見えた。やや下の高度を飛んでいる。

そのヘリの機体に「中橋消防署」の文字があった。

すべての役者が完全に出そろったようだ。

後はどう踏み込むかだけだろう。

間もなく開始される大捕り物のシーンを想像しながら、涼子は目を閉じた、その日のためにも、一刻も早く体力を回復させねばならない。

第五章　密通路発見

1

「これまでの潜入捜査の状況から、ひとつの仮説を立てました」

明田真子は努めて明るい声を出した。

築地の居酒屋「大奉行」の個室。警察OBが経営するこの居酒屋の個室は、防音装置が施されているため、よく会議室としても使わせてもらっている。

「その課長の仮説とはどんなものでしょうか」

岡田が鯛の姿焼きを箸でつつきながら聞いてきた。

今夜の会議は潜入捜査員三人の慰労も兼ねて、食事会の形式をとっていた。

真子のポケットマネーだ。

目の前にいる秋川涼子は、マカオに売り飛ばされそうになったほどの危険な目に遭ったのだ。あのとき、性安課の真木が協力してくれなかったら、涼子の運命は、いまごろどうなっていたかわからない。

背筋が凍る思いだ。

もしそうなっていたならば、生涯を懸けて、涼子とその家族に償いをしなければならなかったろう。

居酒屋での慰労など、お安い御用だ。

「まず、中橋消防署の実態についてだけ、東山さんからみんなに説明してもらいましょう」

東山美菜はこの間、都庁の都市建設局の同世代たちと合コンをしていた。かつての同僚である交通課のミニパトガールを三人ほど連れて、飲み会を開き、さまざまな情報を聞き出してくれていた。

美菜が日本酒のグラスを片手に語り出した。

「はい。都市建設局の樋口揮一郎は五年前まで中橋消防署に出向していました。期間は二年間です。主に都市計画と防災計画の合同作業をするために、出向していたのですが、このときに、新たに掘削機の発注と、救急車にモルヒネを積む提案をしています。提案をしたのが、都庁から出向した樋口ということもあって、その年度の間に購入されています」

美菜がそう答えてくれた。日本酒が回り出しているのか、徐々に淫乱な眼になってきている。

この女が都市建設局の人間と一発やって聞きだしてきたのは知っているが、そこは黙っていてやる。淫乱が武器になる女だ。

「なんのために」

秋川涼子が聞き直した。

箱根から戻って三日になるが、幸い股間節にヒビが入ってはいなかったため、ストレッチを中心としたリハビリだけで順調に回復している。

美菜が答えた。

「火災現場で、類焼を防ぐためには、消火作業の他に、現場の破壊活動もしないといけないらしいんです。そこで掘削機を取り付けられるような消防車を特注させたとのことです。ただし、コンクリートを粉砕せねばならないような状況は、まだ一度も発生していません」

「消防って、水を掛けて火を消すだけじゃないんだ」

涼子がビールを呷りながら美菜に尋ねた。普通、そう思う。

これには岡田が補足した。

「江戸時代の火消しはむしろ破壊活動が中心で、燃え盛る家を斧や木槌で打ち壊していたんだから、その話は理にかなっている」

美菜が続ける。

「救急車のほうは、交通事故や火災現場では、医師が乗り込んで緊急手術をする場合もあるそうです。そうした場合、患者に負担を掛けないようにモルヒネを使用するということから、常時積載することになりました」

常時というのが、おかしい。真子はすでにその辺から、仮説を立て始めていた。

「なんだか、中橋消防署って、どっかの国の工作機関みたいだわね」

涼子が言った。この子は勘がいい。

「俺もそう思って、公安を通じて調べたんだが、テロじゃなくて、実はヤクザのアジトだった」

岡田がさらなる捕捉をした。ここが本事案の核心だった。

「その先は、課長として私がまとめましょう。ちょっと待ってね」

真子は箸をおいて、ゆっくりした口調で説明を始めた。

「中橋消防署の前身は中橋町消防団。昭和三十年代ぐらいまでは地元の自警団に過ぎなかったのよ」

「えぇ〜、その頃はあんな街中でも、そういうのがあったんですか」

涼子が目を丸くしている。

「そう……その自警団は元をただせば、江戸時代から続く町のいわゆる顔役だったわけ……顔役っていうのは、つまり侠客ってわけね」

話を一気に江戸時代までタイムスリップさせた。

「江戸時代では、火消しと岡っ引きは、ある種、町の顔役の仕事だったわけ……ほら、時代劇ドラマでも、そういう設定になっているケースが多いでしょう、ねぇ、秋川さん」

真子は部下たちの想像力に訴えた。

「はい、時代劇では、よくヤクザみたいな十手取りが出てきます。纏いを振るう火消しも確かに、鯔背ですけど、ヤクザと言えばヤクザですね」

とそこで目を輝かせた。勘の良いタイプなら、もう気がついたはずだ。

「なるほど、わかりました。花村の関東闘魂会の前身が江戸の火消しだとしたら……繋がりますよね。中橋消防署は、百五十年前から、ヤクザの棲み家……ということですか」

「……そういうこと。そう推測すると、ここにひとつの物語が完成します」

真子は「物語」と言った。

そう、これは推測の域を出ない、想像上のストーリーなのだ。

現在、中橋消防署は東京消防庁の管轄下にある。

完璧な裏取りなくしては、迂闊な発言は出来ない。

真子は重ねて付け加えた。

「これはあくまで、私の立てた仮説です。いいですね……それを前提に聞いてください」

言って、真子はテーブルの上にタブレットを広げた。

要点をワードでメモしてきたものを三人に読んでもらう。

①中橋消防署は現在でも花村辰雄と関東闘魂会の支配下にある。三十年以上にわたって、関東闘魂会は歴代の中橋消防署の幹部を籠絡（ろうらく）しており、また消防士試験にパスした組員を積極的に中橋消防署に送り込んでいた。この署で、掘削機付き消防車や特殊薬品完備救急車を購入させたのは、暴力団としての軍事力向上と考えられる。購入には東都建設が加担していると思われる。

②東京都庁から出向した樋口揮一郎は、ギャンブル好きだったために、出向中に闘魂会の組員に的にかけられた。結果、いつの間にか都庁の機密を持ち出すようになった。その中には、公共施設の建築計画はもとより、カジノ推進法が可決した場合の、誘致予定地の探索も含まれていた。

③樋口は三代前の都知事の時代に、築地の跡地がカジノ施設の有力候補地であること仕入れていたので、その情報を伝えていた。

↓

これらの状況から

■花村は藤堂と組んで、築地周辺の土地を購入した。
（土地登記謄本には様々な名義に分散させてあるが、たどっていくとすべて藤堂の関連会社であることが判明。法務局で確認済み）

同時に藤堂が築地の跡地にカジノ付きホテルを開設することを後押ししている。

賭博場はそもそも博徒——侠客の仕事であるから、百五十年ぶりに本業への回帰を目論んでいるとしたら、花村はたいした侠客である。

■東都建設も歴史の紐解くと、明治期は鳶師の集団であった。
江戸時代までさかのぼると、関東闘魂会の前身と同じ明石町源五郎一家にたどり着くことがわかった。いわば同根である。

現在も藤堂第一不動産を媒介にして、関東闘魂会とは交流している。

総務部長の高平はその窓口役をしている。
■藤堂正樹が、自分の代だけで、これほど成長したのは、関東闘魂会と東都建設というバックボーンがあったから。
■小林沙織は藤堂の愛人であるが、いわゆる表向きの政官界接待要員として、自分のクラブのホステスたちを娼婦として使っていた。いわば前線部隊。ここで引っ掛けた連中を花村がさらに協力者として手なずけていたという構図。

「だいたい、こういうことなんだけど、急に築地市場の豊洲移転に待ったがかかり、その上、カジノの誘致先に変化が見えてきたので、彼らは、暴力に訴えるしかないと判断したのでは……という仮説を立てたわけ」

真子は岡田潤平のほうを向いて言った。

「その見立てで、ほぼ間違いないと思います。築地の土壌を意図的に汚染させるという計画や、あわてて台場進出を企んでいる様子からしても、その構図が窺えます。ただし……」

岡田はそこで言葉を区切った。

「ただし？」

真子はあえて聞いた。言いたいことはわかっている。

「一気に花村と藤堂に当たっても、秋川刑事に対する暴行以外、逮捕する理由がありません。裁判所の許可を得ない潜入捜査で得た証拠画像や録音テープでは、現在の日本の法律では立件できません」

そうなのだ。涼子への暴行で挙げたところで、それは組織の壊滅にならない。

「そこで、なのよ……」

真子はテーブルに両肘を乗せ、目の前で組んだ両手の上に顎を乗せた。

三人が息を詰めて、真子の顔を覗き込んできた。

「藤堂たちの計画を妨害しちゃおうかなって思うの……」

「はい？」

涼子がたまげたという声を上げげた。

「どうやってですか……」

岡田が何度も瞬きをしている。日ごろから冷静なこの男にして珍しい緊張ぶりだ。

「別に、逮捕しなくてもよくない？　彼等の計画を潰してしまえばいいわけよ。ここまでわかっているのに、さらに何年も泳がせて捜査をするとか、あるいは証拠を摑んでも、公判を維持できるとは限らないわ……」

「令状なしで、踏み込むということですか」

岡田がさすがに青ざめている。

「私、頭に来ているのよね……」

真子はそう切り返した。部下が暴行まで受けたのに、対抗手段が取れないというのは、納得できない。

どうしても相手を叩きのめすべきだと考えた。

「いやいや、それはまずいでしょう。課長、感情的になっていませんか。私のことなら、気にしないでください。性安課の真木課長からも、潜入捜査でのセックスは、格闘の一種だと諭されて、それで納得しているんです」

涼子が微笑しながら言っている。そう言われるほど、真子の胸は痛んだ。

「じゃあさ、築地市場の地下を調べてみない。令状なしで、明日の夜とか抜き打ちで……」

「警察のキャリア課長のセリフとは思えませんが……」

岡田が睨みつけてきた。

「まずは聞いてよ」

「どうぞ……」

東山美菜が再び冷酒のグラスを口に運びながら、前のめりになってきた。

「掘削機、あれどこで稼働していたんだろうって思うのよ……」

「神戸との戦争のために用意しているんじゃないんですか」

「いや、私は、築地の地下を掘っていたんだと思うの」

「ほんとですか」

美菜が思わず大声になった。

岡田はかぶりを振った。

「いやいや、豊洲なら理解できますよ。汚染土壌を隠すために地下を掘って土を運び出したとかありえます……しかし築地の地下を掘る理由はないです」

「でも、この前の赤坂の料亭の仲居さんたちの会話、覚えている？　確か『築地の穴掘り再開だって』と言っていたというじゃない。『再開』と言ったわ。ということは、以前にも掘っていたことがある、ということでしょう」

真子はにやりと笑って言った。

三人はきょとんとした顔で聞いている。

「私ね。築地の地下に何か埋めてある気がするの……」

「金塊とかでしょうか……」

岡田が言って、続けて自ら「まさかね」と否定をした。

「それよ。闇カジノとかで作ったお金、隠している可能性ないかしら……」

一同押し黙った。美菜がぽつりと「映画じゃないんですから」と呟いた。

真子は押した。

「ねぇ、こっそり調べにいかない？　もちろん拒否してもいいわよ。私の独断でやることだから」

真子は三人の顔を見まわした。

闇の仕置人になった気分だ。

「このままでは、末端の罪状しか取れないですよね……」

と岡田。

「せっかく、ここまで潜入捜査をして、おおよその見当はついたけど、闇の連中の勢力を削ぐことは出来ない……これでは都知事を守ったことにならないんじゃないかしら……」

真子はダメ押しした。

涼子が手を上げた。

「そうですよね。私たちの最大の任務は中渕都知事を守ることだわ。そのための、攻撃的警備といえば、納得がいきます」

ようやく期待していた回答が出た。

「でしょっ」

真子は残りのふたりの顔を見た。ふたりとも賛意を示す手をあげた。

「それなら、あっしが築地を案内しますよ。魚河岸の現場は見慣れていますがね、いまの話を聞いていて、ちょっと思い当たるフシがあるんですよ。河岸に行くならこれからが都合がいい。明日は休日だから、今夜は手薄になっています」

襖を開けて、ひょっこり店主の泉谷重信が顔を出してきた。

「重さん、この部屋、ちっとも完全防音じゃないじゃないですか」

真子はすかさず言い返した。

「何をおっしゃるんですか。あっしは元刑事ですよ。個室の造りは、すべて取調室みたいな構造になってましてね」

店主が床の間を指さした。おそらく花瓶にカメラが仕掛けられている。

「可視化の時代でして」

返す言葉がなかった。

2

午前零時の築地市場。

翌日が休日のため市場内は閑散としていた。

居酒屋大奉行の泉谷重信が、「ターレー」に乗って先導していく。

ターレーとは小型運搬機で、動力部とステアリングが円形になっていることから、ターレー（回転式砲塔の意）の愛称で呼ばれている。

市場や倉庫などでは、小回りの利く運送機として人気がある。

正式名称はターレットトラック。築地市場で働く人たちにとっては、場内移動や運搬には欠かせない「足」となっている。

涼子もターレーで続いた。背後から、明田真子、岡田潤平、東山美菜もそれぞれ、ターレーに乗って追ってくる。閉場中の私道内なので「飲酒運転にはならない」というのが、元交通課の美菜の判断だった。

ゴーカート気分でターレーを走らせた。想像以上に速度が出る。

シャッターが下りている店の前を走り抜け、隅田川沿いの道に出た。

泉谷が警官用のハンドライトを当てて、ある一角を照らす。

「ほら、あそこ。盛土になっているだろう」

ピラミッドの形をした黒い山が見えた。それほど大きな山ではない。

涼子たちはその山の前にターレーを止めた。泉谷が話す。

「三年ぐらい前からかね、休日明けとかに、こんなふうに土の山が盛ってあるんだ。おかしいだろう、ここは魚河岸だ。土なんて用はない。ところが、こいつがだいたい三日後ぐらいには消えているんだ」

涼子は泉谷に質問した。

「誰かが、このことについて市場事務所に問い合わせたりしなかったんですか？」

「ここで働く人間は忙しいんだ。自分たちに関係のないことには、首を突っ込んでいる暇はない」

岡田が山の付近のコンクリートの上にライトを這わせていた。五人全員がハンドライトを持って歩いているので、誰かが見たら、盗賊団と思うかもしれない。

「おや？」

岡田が声を上げた。盛土の傍らの地面に、畳一畳サイズの鉄板が二枚敷かれていた。何か怪しげだった。

「めくってみましょう」

軍手をした岡田が鉄板の端を持ち上げた。手伝いたくとも、涼子は腰を曲げるのも苦痛で、ここは見守るしかなかった。

泉谷と美菜が手伝った。美菜は意外と力持ちだ。

明田真子は、その様子を撮影していた。

鉄板の一枚をそのまま真横にどけた。

「わぁ～、穴」

美菜が叫んだ。この女が穴という言葉を発すると、違う印象になる。

「深い……」

岡田が穴の中を照らしている。この男が深いと言ってもエロさはなかった。

五メートルほど下まで掘られているが、よく見えない。

「入ってみます？」

美菜が岡田に聞いた。美菜が言うと、やはりエッチな語感がある。

「入るさ」

岡田が下半身を穴の中に入れようとした。

「全身挿入ですか……」

美菜が肩を竦めている。この女、完全に日本酒を飲み過ぎている。

「岡田君、ちょっと待て。そのあたりに、アルミの梯子(はしご)やロープぐらいあるはずだ」

市場の事情に詳しい泉谷がターレーに乗ってどこかに走っていった。

数分で戻って来た。

泉谷はターレーの背後に、アルミの梯子二本と渦巻き状にしたロープ。さらには発電機、ライト五個を積んできた。

「市場っていうのはいろんなものが置いてあるんだ。イカ釣り漁船用のライトがあったんで持ってきた。なあに、知り合いの倉庫から拝借してきたんで問題ねぇ」

アルミの梯子を使って岡田と泉谷が斥候（せっこう）として降りた。

ふたりが穴の底に着くと、ロープでライトを降ろした。美菜が発動機を回す。無人市場の闇の中に、低い作動音が鳴り響いた。

地中にパッと灯りがつく。

「なんだこれ」

と岡田が叫んだ。

「地下街でも作る気かよ……」

泉谷は両手を広げて、呆然としていた。

「私たちも降りましょう」

明田が先頭を切って、梯子を下りはじめた。

「ふたりとも、見上げないでよ。スカートなんだから」

濃紺のスカートの裾を押さえながら、降りていく。岡田は内部にライトを向けていた。泉谷はライトを上に向けてきた。

「だから覗かないでってばっ」

明田が不機嫌な声を上げた。

「足元が悪いから、ヘルプしているだけだ……ってか、課長の後ろの女っ、おまえ、捜査中はパンツ穿けよっ」

泉谷は美菜に怒鳴っていた。美菜は非番のときは、ほとんど下着をつけない女だ。

涼子は、身体全体の筋肉痛に耐えながら、穴の底に降りた。

驚いた。映画や古いニュースフィルムで見た炭鉱内の様子に似た光景が広がっていた。

「なにこれ……」

巨大なトンネルが前後に広がっている。背中は隅田川方向に、正面は東銀座方面を向いていた。道幅は四メートルほどある。

「やっぱり何か埋めていますね」

岡田の眼光が鋭くなっている。

「金塊見つけたら、ネコババしていいんですよね」

美菜が能天気に言う。その前に、まずパンツを穿いて欲しい。

「三年かけて、掘ったってことよね。これだけの土、今まで気づかれずにどうやって運び出したのかしら」

明田が腕を組んでいる。まさしくこの課長の勘が当たったことになる。涼子は感心した。

「おそらく地上の他に、もうひとつ運搬ラインがある……隅田川から船って線ですね」

泉谷が背中の方向に延びるトンネル道を指した。

「なるほど」

全員でその方向にライトを向けた。イカ釣り漁船用のライトは浸透度が長かった。最先端が大きな鉄板の扉を照らした。

「まるで００７の秘密基地ね」

と明田。鉄板の向こうは隅田川岸だろう。

「大型掘削機をあそこから入れて、土の大半も運び出したとしたら、納得がいくわ」

これはとてつもない、巨大プロジェクトでなければできることではない。涼子は唖然とした。

「わしらが、地上で、マグロやサバを買い付けている間に、地下でこんなトンネルを掘っていたなんて、信じられねぇ」

泉谷が舌打ちした。

「ということは、金塊はこっちですかぁ」

美菜が酔った足取りで、銀座方面へと歩き出した。

「みんな、ここからは、自由意志よ。わたしは前進してみるわ」

明田は決断したようだった。

「課長についていきますよ。どこまでも」

岡田が片手を上げた。涼子も腹を括って頷いた。

「二度と地上を見ることが出来ないかもよ……」

「それが警察官ですから」

涼子はきっぱり言った。本音を言えば、美菜のように、べろべろに酔ってから来たかった。

七分ほど歩いた。行き止まりに出くわす。

隅田川側と同じように鉄板の壁になっていた。

「この上って、たぶん新大橋通りじゃないかしら」

明田がスマホの磁石を広げて、確認している。

「そうですな。ほとんど波除（なみよけ）通りに沿った形で、このトンネルは掘られている」

泉谷が納得した顔で言っている。

「わかったわ……これは何かを埋めたんじゃなくて、何かを運び出すための通路だったわけよ。つまり『密通トンネル』……」

明田が胸の前で手を叩いた。合点がいったという表情だ。涼子にはさっぱりわからなかった。

「岡田君。この先を真っ直ぐ進むと、どこに行きあたると思う」

「それは、藤堂第一タワーしかないでしょう」

「だわよねぇ……この鉄板の向こう側にも、さらにトンネルを引くつもりなのよ」

「おそらく、向こう側からも、掘っているんじゃないでしょうか」

岡田が答えている。

「これ、壊しちゃいましょう……ねっ」

言いながら明田は引き返し始めた。涼子は、地上に戻れることに安堵しながら、その背中を追った。

3

「藤堂正樹と小林沙織に近づける女性は、確かに明田課長本人しかいませんね」

岡田が唸るように言った。心配げな表情だ。

――私だって、捜査は出来るっ。

真子は凜とした視線を岡田に向けた。

国会議事堂衆議院食堂。

四人でそれぞれ特上寿司をつまみながらのミーティングとなった。

国会答弁のために控え室にいた警視総監から、たったいま「妨害作戦」の許諾を得てきたばかりだった。

　総監は「うん」とも「ノー」とも言わずに、紅茶を飲んでいた。

　例によってアールグレイだった。要するに「やってみればいいじゃん」ということらしい。

　少なくとも真子はそう解釈している。

「ここは私から藤堂の元に飛びこむしかありません。藤堂と花村を誑しこむ、餌の
セットアップは出来ています」

　トンネルを発見してから二日間。真子は霞が関キャリア人脈を駆使して国建省と自
治省の仲間たちに、個人的な協力を頼み込んだ。

　役人が杓子定規な生き物だと思っていたら大間違いである。

　官僚たちの結束と友情は固い。

　まとまれば、超法規的なことでも平気でやる。

『闇からの挑戦は、闇の中で処理するのが適切よねぇ。真子ちゃん……』

と国建省のエステ仲間。

　餌になる払い下げ国有地の架空案件を用意してくれた。

　さらに嬉しいことに、東都建設のライバルにあたるゼネコンに、あることを緊急要
請してくれた。

『隠蔽工作はヤクザより、官僚のほうが上だってことを見せてやろうぜ』

と自治省のゴルフ仲間。

消防庁は自治省の管轄下にある。

近々に中橋消防署の掘削消防車は東京消防庁の直轄として管理する命を下してくれることになった。

全国の消防署の所有する車輛や設備はすべて自治省消防庁の所有物なのである。それを各県消防本部に貸与している形になっている。

そこが都道府県別に独立予算を持っている警察本部と消防署との違いだ。

罰を下して懲らしめるだけが、効果的な処置とは限らない。

悪人から、さりげなく、悪の道具を取り上げてしまうのも、処分の仕方である。

「決行は金曜日の夜ですね」

東山美菜が聞いて来た。寿司桶の中に中トロがひとつ残っている。この子は一番好きなものを最後に食べるタイプだ。

「プレミアムフライデーなのに悪いわね」

真子は笑った。

「爆処理の水野警部補が仲間三人を連れてきてくれるそうです。すぐに消防庁が来てくれるのなら、心おきなく仕掛けられると……」

秋川涼子が手帳のメモを目で追いながら言っている。

当日、トンネルの工作は、岡田、涼子、美菜の三人が担う。

爆発物処理班の水野健太郎は涼子が個人的に頼み込んだ。

水野たちは日ごろのストレス発散のために、付き合ってくれるという。警備部長は知らない。これも総監に直接報告だけした「グレイ業務」だ。


金曜の夜がやって来た。

藤堂正樹の本拠地「藤堂第一タワー」は東銀座五丁目十五番地。首都高速道のすぐ脇に建っていた。

真子は三十六階の社長応接室に通された。

英国貴族の書斎のような部屋だった。

窓の向こう側に、ほぼ同じ高さの歌舞伎座タワーが見える。晴海通りを挟んで、ほぼ反対側だ。

国土建設省の外郭団体の職員を装っていた。国が保有する台場の土地の売買契約書を持参してきている。架空の売買契約書だ。

藤堂と花村から、大金を奪い取るのが目的である。

犯罪撲滅策として、相手の資金を枯渇させる方法を考案したのだ。

——警察官僚は犯罪に関するプロだ。詐欺の企画では絶対負けない。

待ち合わせ時間から五分ほど遅れて藤堂正樹は単独で現れた。七十歳にして矍鑠（かくしゃく）としている。鮮やかな銀髪だが、年齢の割には毛の量が少し多い。

鬘（かつら）か？

「初めまして、国建フォーラムの明田です」

名刺を差し出した。

かすかに手が震えた。潜入捜査とは、かくも緊張するものなのか。

キャリアは所詮キャリアでしかない。

自分は作戦を立てられても、実務は苦手だ。

あらためて、部下たちにいかに危険な任務を強いてきたかわかる。警備課が捜査に回るのはこれを最後にしたい。

黒のツーピースにパールのネックレスを下げてきた。八ミリのパールだ。連の一番下の玉にレンズが仕込まれている。

二班に分かれて待機している部下たちのシークレット眼鏡に映る仕組みだ。

状況を知らせ、二百億円を振り込ませたら、あのトンネルを一気に埋める計画だ。

「九段下政策研究所の大沢（おおさわ）さんの仕切りだから、すべて承知しているよ。購入しましょう。で、契約書は？」

革張りのソファに腰を下ろした藤堂は、いきなり切り出してきた。

大物ほど、単刀直入に仕事を進めるというのは、やはり本当だ。官僚は会話の入り口を序文と考えるが、ビジネスマンはそれを時間の無駄と考えるようだ。

真子はすぐに契約書類を差し出した。法務省の人間が見ても、見破ることが不可能な「完璧な偽謄本」が添えられている。

「売主さんは、国建フォーラムさんということですね。東京ドーム十個分の大きさで、二百億は安い。相場の五分の一だ。会計検査院が後になって、文句を言いませんかね」

藤堂が人差し指で鼻を擦った。

たしかに安い。だが二百億円がいきなり消えるのは、いかに藤堂とはいえ、きついはずだ。下手をすれば破綻の危機に瀕することだろう。

財を絞り取ってやる。このタワーの中には、まだまだ、隠し財産があるはずだ。爆破してやるつもりだ。

「はい、土地の評価額としては一千億でしょう。ただし、それは土地にまったく瑕疵がない場合です」

「地中に産廃物が沈んでいるって、本当かね」

「その通りです。バブル崩壊で、開発計画がとん挫した際に、いろいろな開発業者たちが、廃材を埋めて逃げてしまったんですね……」

藤堂の頬が引きつった。同じようなことをした思いがあるらしい。

真子は構わず続けた。

「もはや三十年前のことです。いまさらその犯人を捜し出して、費用請求したところで始まりません。そこで、民間に国の瑕疵担保責任を免除するという条件で、廉価で払い下げることにしました。そのための裏取引でございます」

「要は、安く売るから、俺たちに産廃は始末しろと……」

「そういうことですが、それはご内密に願います」

「わかった。うちとすれば、まずは台場にまとまった土地が取得出来たら、それでいい。時間を掛けて、じっくりと土地を耕すよ」

カジノの誘致が決定するまで、藤堂はまだ数年かかると踏んでいるようだ。おおかたの見解として、東京五輪終了後の二〇二〇年以降と見るのが妥当だから当然だろう。政府には「ギャンブル依存症対策」など並行してやらねばならない政策がたくさんある。

藤堂はそれまでの間に土地を調査し、必要最低限の策だけを講じるわけだ。カジノ候補地をいち早く所有する。いまはそれだけで充分なはずだ。

——心配ない。そもそもその土地は手に入らない。

「それでは、書類をお渡しするのと同時に入金手続きをお願いします」

声が震えそうになるのを、必死にこらえた。

自分はオレオレ詐欺の受取人は、絶対になれない。

「即金で払えとは、国もえげつない」

「裏取引でございますから……」

声がひっくり返りそうになった。これは正義のための犯罪だと、自分に言い聞かせた。

「わかった。俺もなにがなんでも欲しい土地だ。時差があるから、パナマの隠しバンクからいますぐ振り込ませるが、その前にひとつこちらにも条件がある」

藤堂が立ち上がって、自分の机の上にあるタブレットを取った。契約書類を眺めながら操作している。

送金手続きをしているらしい。

画面を見せられた。ＡＴＭの振り込み画面と同じ画面だった。ドル建てで二百億円分の数字が並んでいる。振り込み先はこちらが指定した警視庁の隠し口座のひとつだった。

金額の下に緑色の枠の中に白抜きで「ＲＥＭＩＴＴＡＮＣＥ（送金）」とある。それを押すだけで、二百億円が、この男の懐から消える。

「条件とは……」

高鳴る胸の鼓動を抑えて、真子は訊いた。

「裏取引に応じる以上、あなたにも我々の仲間に入ってもらいたい」

「お仲間に？」

「そう、俺は、この国を裏から牛耳るための、仲良しクラブを主宰している」

──どんな仲良しクラブだよ。

「……」

真子は逡巡した。藤堂が下卑た笑いを浮かべながら、続けた。

「同じ思想と志向を持った会員だけで、事業を運営している。それでここまで大きくなった」

「これでも公務員ですから、政治結社への参加にはためらいが……」

真子はもったいをつけた。

「いやぁ、思想的な思惑は何もないよ。乱交クラブだ。役人や政治家も、大勢参加している」

やおら藤堂がファスナーを開けた。

トランクスの生地と共に、巨大な塊（かたまり）が溢れ出てくる。あれ男根？　大きすぎる。

涼子はあの中身を挿入されたのか……というか、それは確かに思想性は問題ないが、真子個人にとっては大きな問題になりそうだ。

「それは、絶対条件でしょうか」

「絶対条件だ。我々の乱交クラブに入会した者だけを俺は信用している。金曜の夜に来てもらったのも、そのためだ」

壁を指した。

「プレミアムフライデーのたびに、同好の士に集まってもらっている。秘密を守るにはこのタワーの中が一番安全だからね」

「いますぐですか」

真子はうろたえた。その心構えは出来ていない。

「そりゃ、いますぐだ。こっちも即、振り込むんだから、あんたも、こちらの振り込みを受けてくれなきゃな……あんたに挿し込んだら、このボタンを押す」

藤堂がタブレットの送金アイコンの上に巨根を翳した。

巨額の金と巨根の同時振り込みをするつもりか。

「断れないようですね」

真子は頷くしかなかった。

この状況を部下たちはどうとるのか……というか、自分のセックスシーンを部下たちに実況中継することになるのだが。

「隣の部屋に、仲間たちが待っている。心配するな、政治家も役人もいる……ヤクザもいるがね」

「ずいぶんと立場を越えた仲良しクラブなんですね」

毒を食らわば皿まで、という言葉がある。いまさら引き下がれまい。

藤堂が執務机の横にある扉の指紋認証器に人差し指を置く。かちゃりとロックが落ちる音。

藤堂がドアノブを引いた。ギィと鈍い金属音を立てて、重そうな扉が開く。まるで銀行の大金庫のような扉だった。

隠し部屋に移った真子は、さらに面食らうことになった。

すでに多くのカップルが真っ裸で、戯れていたのだ。二十人ぐらいが抱き合っていた。挿入し合っている男女が大半だった。

都庁の樋口揮一郎がタレントの若林早苗に挿入していた。

小林沙織は関東闘魂会の総長花村辰雄の陰茎を舐めていた。花村は全身刺青だった。動く工芸品にも見える。

真子はそのふたりからは視線を逸らせた。

部屋に香が焚かれていた。普通の香だった。ジャスミンの香りがしたが、特に催淫効果があるものではなさそうだった。

――煙幕効果と、生々しい発情臭を消すためだわ。

３Ｐや４Ｐ状態で戯れている男女も多い。紫煙の中に淫らな声が重なり合っていた。

部屋の壁際にさまざまな美術品が置かれていた。油絵や日本画の他に壺などの骨董品も多い。

「一応レプリカということになっているが、ここにあるものはすべて本物だよ。美術館や画廊にあるものが、だいたい贋作だ。本物というのは、我々のような人間のところで、ひっそりと匿われているものだ……集めるのに二十年で五百億ほど投入している」

藤堂がスーツを脱ぎながらそう言った。

高価な美術品ほど実は盗難届が提出されないものだ。そもそもその持ち主自体が取得の経緯を知らされていないからだ。

――つまりこの藤堂とて、同じこと。

真子は一点一点の美術品の前に立った。丁寧に見て回るふりをして、パールのネックレスを向けていく。

「何をしている。早く裸にならないか」

振り向くと、すでに藤堂は裸になっていた。真子は藤堂の股間を見やった。

――無理っ。あれは入らない。

4

「おいおい、あれはシャガールじゃないか……」

シークレット眼鏡をかけたまま岡田が唸った。

涼子の目の前にも同じ映像が流れている。この眼鏡は遠近両用眼鏡のように上下二枚のレンズが組み合わされている。上の部分に映像が映し出されていた。涼子は絵画のことはわからなかった。

藤堂第一タワーから百メートルほど離れた位置にある子供公園。公園の隅にあるマンホール前に、涼子は岡田と爆処理の水野と共に立っていた。

東京都水道局では把握していないマンホールだった。

岡田が事前にこのマンホールの下にある穴を調べていた。藤堂第一タワーの地下室に通じる穴だった。

築地市場側と繋げるために、やはり、こちら側からも掘っていたようだった。

ふたつの現場の間に首都高速が横たわっているのが、工事を分断している原因のようだった。

この新橋演舞場の付近だけ、首都高速は高架ではなく、地下を通る形になっている。

したがって、トンネルを繋げるためには、この部分だけを、とてつもなく深く掘らねばならない。

藤堂たちは築地にカジノが出来たら、この「密通トンネル」を使って、アジトの藤堂第一タワーへと秘密裏に資金を運びだすつもりだったわけだ。

金塊を埋めるためではなく、カジノで不正に得た金を自由に運搬する通路を確保しようとしていたわけだ。

――これもある種の不義密通だっ。

「あの美術品はそっくり頂く」

岡田が言った。

「藤堂正樹って、巨根だな……」

爆処理の水野は、そっちを気にしていた。

涼子はふたりに言った。

「そろそろ、中に降りましょうか」

正面エントランスからビルに入るのは危険すぎた。モニター画面に堂々と顔を晒すことになってしまう。涼子も岡田も面が割れていた。

意表を突く侵入方法が必要だった。

爆処理の水野が同伴してくれていることは、「手榴弾」をいくつも持っていることに等しい。ここから先、ことあるごとに、水野に大小さまざまな爆破を起こしてもらう。

マンホールを開けて、ひとりずつ穴に飛びこんだ。築地市場で発見したものと同サイズのトンネルがあった。

「俺が先導する。地下倉庫と繋がる部分に鉄の扉がある。明田課長からゴーサインが出たら、水野さん、一発で開けてくれ」

パナマからの送金が確認できたら、一気に飛びこむことになっている。

「そろそろ、美菜のチームの様子を聞いてみるわ……」

涼子はトンネルを歩きながら、ペンダントマイクを口に当てた。

「はい、こちら、マリリンモンロー二号。波は穏やかです」

美菜は陽気に答えた。

涼子たちとは別行動をとって、隅田川沿いの排水溝の前に立っていた。爆処理の三人とともにいる。

ゼネコン最大手である七菱建設（ななびしけんせつ）の生コンクリート車が、二十台集結していた。

涼子の声が聞こえる。

「こっちはいま藤堂第一タワーの地下室に向かって歩き始めたところだけれど、そっちの準備はどんな具合かしら」

「いつでもOKです。ゴーサインがかかったら、すぐには排水溝とトンネルの接点扉を爆破して、生コンを流し込みます」

それが美菜の任務だった。

悪党どもが三年かけて掘ったトンネルに、生コンを流し込むのだ。

——大挿入だわ。

朝までかけて塞いでしまう計画だ。築地の地盤強化にもなる。

「了解。幸運を祈るわ」

涼子の声はやや高揚していた。やはり現場に乗り込む方が、醍醐味があって楽しそうだ。皮肉のひとつも言いたくなる。

「せんぱーい。ひとつ聞きたいんですけど……」

「なあに……もう扉の前に着いちゃったんだけど……それに明田課長、いま大変な状況になっているし……あぁ、脚、拡げられちゃった」

涼子が言っている。同じ眼鏡を美菜もかけていた。

上司のおまんこを見るとは思っていなかった。しかし、それよりも美菜には気になることがあった。

「藤堂正樹のあの巨根を、涼子先輩、受け入れたんですかぁ」

ぶちっ、とマイクの切れる音がした。

「舐めさせてもらえるかな」

真子は藤堂に両脚を割り拡げられていた。パールのネックレスは外していた。裸に下げている方が不自然なので、仕方がなかった。

そのネックレスは壁際に放置していたが、レンズ付きのパールの部分をこちらに向けていた。部下たちに侵入の合図をするためには、こうするしかないのだ。

自分の横顔を見せるつもりだった。

ところがだ。まさかの恰好になっていた。

藤堂にレンズの方向におまんこを向けさせられてしまったのだ。

いま現在、最悪のアングルで映像が流れ続けているのだ。

「早く入れて頂いたほうが……」

入金を確認するために、自分のスマホを枕元に置くことは許されていた。枕と言ってもソファのクッションだ。

藤堂も送金ボタンを押すために、タブレットをそばに置いている。

「いや、馴染ませないと、俺のを挿入するのは、なかなか難しいと思う」

思わず藤堂の顔ではなく、肉根に視線を走らせた。

「そうですよね……」

真子は観念した。しかし直属の部下ばかりではなく、爆処理の水野警部補にまで、おまんこに挿入される様子を見られるのだ。

もう彼らに合わせる顔がない。

ぬちゃっ。肉鯰(にくなまず)の先端が触れる音がした。

「明田さん、たっぷり濡れてますね。仲間になれますよ」

藤堂が花びらの上で亀頭を滑らせている。

「あっ、んんんっ」

女の性で、喘ぎ声を漏らしてしまう。

「入れたら、すぐ送金ですよ。擦る前に送金してください」

クリトリスの辺りを擦られながら、真子は必死に頼み込んだ。

なんとか意識のあるうちに、藤堂に挿入してもらいたい。いや送金してもらいたい。

あの巨大な鰓(えら)で、女の隧道(ずいどう)を摩擦されたら、ひとたまりもない。意識が別な次元に飛ぶことは明らかだ。

――私だって、生身の女だわよ。

「わかった。即入即送信、即入即送。即入即送……」

藤堂がおまんこの上で、亀頭を馴染ませながら、念仏のように繰り返した。なんだか色即是空と言っているようにも聞こえる。

「あっ」

ついに膣口に太いが硬度もある肉の先端がおかれた。

「くわっ……おっきい……入らないわ」

両脚をほぼ水平になるほど拡げられ、その中心部に亀頭を押し付けられていたが、ずるっ、とこなかった。普段なら……いや最後にしたのはもうずいぶん前のことになるが……一押しされれれば、ゆで卵部分が、するっ、と潜り込んでくるはずだが、これは簡単に入らなかった。尋常ではない太さなのだ。

藤堂もそれに気づいたようだった。

「おいっ、沙織、それに花村さん、この女の乳首とクリをいじってやってくれ、そうしないと入らない」

えっ、いきなり４Ｐ。思考がぶっ飛びそうになる。

「パパの逸物を初体験の人は、そうそう簡単には入らないわよ」

沙織がすぐ隣にやって来て、人差し指を真子の割れ目に伸ばしてきた。

「あんっ、女の人に、ソコ触られるなんて……」

肉マメを揉まれた。隧道の奥から蜜がこみ上げてくる。膣口が柔らかくなり始めた。

「どれどれ、じゃぁ、わしがおっぱいを舐めてやろう……しかし、藤堂の巨根は存在自体が暴力的だ」

暴力団の総長が、そう言って呆れた顔をしながら、真子の乳首を舐めてきた。ベロりとやられた。

「あぁああ」

声を上げさせられた。女に肉芽を触られるのも初体験だったが、同時にふたりの男に責め立てられるのも初めてだった。

恐怖と興奮が同時にやってきた。

「おうっ」

藤堂が雄叫びをあげて、尻を押し込んできた。

「うわぁああ」

マンの口が盛大に開いた。ずるっ。とうとう藤堂の肉の先端が、潜り込んできた。

苦痛を伴うという予想は見事に裏切られ、脳が痺れるほどの快感に襲われた。

ずちゅ。さらに奥へと滑り込んでくる。肉層が拡大された。

――気持ちいいっ。

真子は尻を突き上げ、ブリッジの体勢になった。この間も沙織の指はせわしなく肉芽をいじり回し、花村は左右の乳首を交互に舐めてきた。

「あぁあああああああ」

猛烈な勢いで亀頭が降下してくる。真子もヒップを激しく押し返した。おまんこがより深い快美感を味わいたくて、しょうがなくなっている。

「早く、奥まで入れてっ」

いかにも安っぽい言い方だったが、心底そう思っているときは、こんな言葉しか出ないものだ。

ぬんちゃ。亀頭が柔らかな子宮を叩いた。ぺしゃんこにされる。

「ふぅ、入った」

太棹の全長を挿し込んだ藤堂が、その位置で動きを止めて、額の汗を拭っている。

「あぁあ、送金を……」

真子は髪を振り乱しながら、せがんだ。なんだか、もうこのことを考えていることのほうが嫌になってくる。さっさと送金させて、セックスに集中したい。

「わかった。あんたはこれで身内だ……」

藤堂が肉を繋げたまま、腕を伸ばして、タブレットの画面にタッチした。

「送ったぜ……確認しろよ」

「は、はいっ……あぁあああん」

藤堂が意地悪く、肉根を引き上げた。キノコ雲のように張り出した鰓が、膣壁を逆なでしていく。とてつもない快感に、真子は激しくヒップを振らされた。

股間から夥しい量の愛液が飛び散った。

沙織と花村の愛撫も受けたままなので、興奮に身体中の血が逆流してしまいそうだ。

ようやくの思いで、スマホを取った。口座のアイコンに触る。すぐに残高が表示された。桁がありすぎて、数えている余裕はなかった。最初の数字が「2」であることだけで、充分だった。

「確認しました……」

そこで真子は言葉を区切った。熱を帯びたような視線を藤堂に送る。セックスを懇願する視線だった。

「あんたはいい子だ。今後も我々の良きパートナーになる」

「そうだな。藤堂、早く一回出して、わしと代われ」

花村が付け加えてきた。

「おぉ」

藤堂が膣層の中腹まで引き上げていた鰓を再び降下させてきた。膣内摩擦の開始だ。

「あぁあああ、いっぱいしてっ」

目を瞑り、真子は叫んだ。十分ぐらいはこの男のピストンに翻弄されたいと思っていた
そして尻を打ち返しながら、パールのネックレスに向かって、Vサインをした。

作戦開始の合図だった。しかし……。

課長の割れ目の中心で藤堂の巨根が抜き差しを繰り返していたが、Ｖサインはしっかり確認できた。

涼子は叫んだ。

「爆破してっ」

水野健太郎が赤銅色の鉄板扉の中央にすでに液状の薬品を塗っていた。一平方メートルほどの大きさに塗っている。水野は勃起してしまったらしく、動きがぎこちない。

「もう少し下がって」

水野が背中を向けたまま後退する。涼子と岡田もそれに倣って、鉄板扉から五歩ほど下がった。

水野が塗布した薬品とは異なる瓶を取り出した。それを鉄板に向かって投げつける。

鈍い音がした。さほど大きくない音だった。火花と白煙が上がって、鉄板に穴が開いた。消音効果抜群の液体爆弾だった。

「うぉ〜気持ちいいっ」

水野が歓声を上げた。

「やっぱさぁ。爆発物っていうのは爆発させてやると、いいねぇ。俺ら、日ごろから、爆発させねぇで、穏便に処理するのが仕事だから、ストレス溜まりまくっていたんだよなぁ。おぉ、気持ちいい。今夜はバンバン爆破させてやる」

シークレット眼鏡の上段に映る明田課長も「気持ちいい」を連発していた。

「少し、ゆっくり行ってあげた方がいいのかしら」

岡田に伝えた。涼子も下着がべとべとになるほど濡れていた。

「バカ言え。ここからは救出任務だろう、急ぐぞっ」

そう言う岡田の股間も膨れ上がっていた。

股間を濡らした女と勃起させた男ふたりで、順に鉄板に開いた穴を潜った。

東山美菜も濡れまくっていた。クリトリスを触らずにはいられなかった。スカートを捲り、パンティの脇から指を挿し込みながら、声を上げた。

「ドカンとぶち込んでっ」

「おおっ」

爆処理三人が仕掛けたダイナマイトの導火線に火を放った。三人とも耳を塞いでいたが、美菜は両手をパンティの中に突っ込んでいたので、それどころではなかった。

排水溝の奥で、凄まじい音がした。爆風が飛んでくる。

「わっ」

美菜は衝撃で身体を浮かし、そのせいで、予定外のクリ押しをしてしまった。

不意の昇天だった。掠れた声で、コンクリート車に叫んだ。

「挿入……じゃなくて、注入お願いします」

七菱建設の作業員たちが、注入用のホースを抱えて、排水溝へと侵入していく。ゴボゴボと生コンクリートが流れていく様子を見ながら、美菜は河原にしゃがみこんで、ひたすらオナニーに没頭した。

あとは藤堂第一タワーの、最上階での爆発を確認したら、消防車に電話をするだけだ。だからひとまずオナニー。


涼子たち三人は、地下倉庫から藤堂第一タワーに侵入し、いくつもの鉄扉を無音爆弾で開き、一階のエレベーターホールへと出ていた。

防犯カメラの死角を通り抜け、どうにかここまでたどり着いた。

アナログな侵入方法に対して、意外とセキュリティシステムは弱いということの実証が出来た。

たとえ巨大タワービルであっても、通常のビジネスビルであれば、この程度のものなのだろう。警備にかける費用の負担は大きい。経営者たちは、セキュリティが万全であるという宣伝を徹底することで、実際の警備は手軽な形に収めているのが実情だ。

吝嗇な藤堂であれば、なおさらだった。

エレベーターの扉が開くと乗り込んだ。水野は防犯カメラに対して微弱電波を送った。瞬間的にカメラを切る装置だ。

「高速エレベーターだ。三十六階まで十秒で着く。到着したら、すぐに戻してください」

岡田が水野に言った。

警備室の連中は、まさかこのタワーに侵入者がいるなど思ってもいないはずだ。強者ならではの過信だ。

あっという間に最上階に到着した。扉が開いた。水野が防犯カメラの能力をオンに戻し、岡田が素早く一階へボタンを押したうえで、三人は飛び降りた。

十秒後に、エレベーターは何事もなかったように、一階に到着しているはずだ。高速エレベーターというのは、利点も多いが欠点もある。

社長応接室の扉があった。

「秋川は課長を救出することに専念してくれ。俺と水野さんは敵を蹴散らしながら、美術品をかっぱらう」

岡田が最終確認をした。胸から警察手帳と伸縮警棒を取り出している。水野はベルトに装着した小型バッグから火薬の瓶をいくつか引っ張り出している。

「逮捕じゃなくて、強奪って、スリルがありますね」

涼子も伸縮警棒を取り出した。軽く振ると先が伸びて五十センチほどの長さになった。

「あぁ、それも正義のためだ、と課長が言っていたからな」

「コテンパンにしちゃいましょう」

岡田が社長応接室の扉を開けた。扉の前の壁に肩をつけて中の様子を窺う。誰もいない。

三人で入る。執務室の横に扉があった。指紋認証器が置かれている。

「水野さん、これも爆破できるか」

扉の前に進んだ。

「とんでもなく分厚い扉だ。これは無音じゃ無理だ」

「この際、派手に飛びこむのも、悪くないでしょう」

と岡田。

「了解」

水野が扉の隙間に火薬を振りかける。ドアノブの周囲には山盛りに振りかけた。

「いくよ……」

言うなり炎を点したオイルライターを放り投げた。耳を劈（つんざ）くような音がして、扉の周囲に白煙が舞い上がった。岡田が歩み寄る。涼子も続いた。ドアノブの周辺にぽっかり穴が開いている。扉そのものは破壊されていないが、ロック用のバーは折れていた。

「開くぞ」

岡田がノブを取って、扉を開けた。

二十人ほどの男女が抱き合っていた。全員真っ裸。スーパー銭湯状態だ。服を着ていない男女は見分けがつかない。涼子は目を凝らした

「警察だっ。藤堂正樹、花村辰雄、樋口揮一郎、強姦致傷容疑で逮捕する」

岡田が威勢よく警察手帳を掲げた。逮捕状は持っていない。ハッタリだ。

あちこちから悲鳴が上がった。

花村が這って、逃げようとしていた。ひとりだけ刺青なのですぐにわかった。

実際に逮捕する口実はないのだが、涼子は花村の胸に、思い切り蹴りを入れた。箱根で花村らに捕まり、辱められたことに対する私憤だ。あの時は恐怖でいっぱいだったが、今は怒りでいっぱいだ。その感情に任せて、革靴の先端を右乳首の脇に叩き込む。昇り龍の片目から血が噴き出した。

「くわっ」

花村が仰向けに倒れた。陰茎と睾丸が丸見えになった。涼子は爪先を天井高く上げ

た。

「秋川っ、よせっ。そこを蹴るな……」

岡田が口角泡を飛ばして言っている。知るかっ。

そのまま、ずどんっ、と踵を落とした。

「あぁあああああああああ」

極道界のレジェンド、関東闘魂会の総長花村辰雄の顔が歪んだ。嘔吐し、鼻水と涙を同時に噴き上げている。

「岡田先輩っ。男の人の玉って、くす玉みたいには割れないんですね」

「秋川……救急車隊員が来るまで、動かすんじゃないぞ。マジ死ぬ」

寝返りを打つこともままならない様子の花村は放置して、紫煙の中から明田を発見した。

藤堂と繋がっていた。涼子は駆けよった。

藤堂の肩に警棒を打った。

「うっ」

藤堂が前に倒れたので、肉杭は明田の割れ目に、ぐいっと、突っ込まれることになった。

「あぁ……」

明田が歓喜の声を上げながらのけ反る。ちっ。

涼子は急いで、前方に回って、今度は藤堂の胸を爪先で蹴り上げた。

「痛いっ」

藤堂の助骨が折れたようだった。苦痛に顔を歪ませている。

巨根はまだ明田に挿入されたままだ。

そのまま右足をあげ、靴底で藤堂の肩を打撃した。

「うぅぅ」

目を大きく見開きながら、藤堂の体が後方に倒れていく。

「あぁあああ」

両脚を拡げたままの明田が悶絶することになった。巨根の根元から胴体は露わになっていたが、鯰の顔のような亀頭部はまだ、ずっぽり埋まったままだった。

でかい。これ、やんなっちゃうな……。

涼子は明田の膣内から、亀頭を抜くために、もう一発、藤堂の肩に蹴りを入れた。

「わっ」

ずるっ。割れ目から、ようやく男根が飛び出しきた。

引っ掛かっていた鰓がようやく出てきたようだ。

先週、涼子にも挿し込んだ憎むべき巨根だ。

涼子は警棒を振り上げた。岡田が手のひらを目に当てて叫んできた。

「秋川っ、マジやめとけっ」

「無理です。これ折っちゃいます」

直立する巨大な肉杭を、涼子は警棒で打った。

ゴルフのフルスイングに近い打ち方だった。

ばきっ。

「おぉおおおおおお」

藤堂が絶叫し、次の瞬間にばたりと倒れた。仰向けだった。肉杭から血飛沫(ちしぶき)が上がっている。諸悪の根源を打ち砕いたような爽快感があった。

「パパ」

沙織が泣きながら、藤堂の胸に縋っていた。

「小林沙織っ、売春強要、斡旋で逮捕する」

岡田が手錠を掛けた。実はこの逮捕状だけは持参していた。警察庁性活安全課が取得していたものを、借りていたのだ。

――これで真木課長に借りが返せる。

今頃、性安課は六本木のクラブ「ハニートラップ」に踏み込んでいるはずだ。

都庁の樋口揮一郎は衣服を抱えて、扉から飛び出していった。

放っておくことにする。沙織以外には逮捕状がないのだ。

そもそもが令状のない侵入である。

「そろそろ、窓を爆破しますよ。まずは小爆でいいんだよな」

水野が歌舞伎座タワーの見えるの窓辺にいた。

「小爆でいいですが、派手な色を出してください」

岡田がそう答えた。岡田はすでに、シャガールやセザンヌの絵を抱えていた。

「あいよ。東山に気づかせるのが、先ってわけだな」

水野が窓辺に細工を施した。耳を押さえている。岡田も、涼子も両耳を押さえた。

一瞬にしてはめ込み式の窓が砕け散った。

続いて、七色の花火が飛ぶ。この二発目は、まごうことな花火だ。

洒落(しゃれ)たアルファベットの六文字が夜空に向かって飛んでいった。

—O・M・A・N・K・O—

爆処理水野、センスいい。あれなら絶対美菜も気づくだろう。

裸の男女が続々と逃げていく。逃げてくれた方が手間も省ける。

「晴海通りのほうから、消防車が続々やって来ているぞ。本物の東京消防庁だ」

水野が興奮気味に叫んだ。

「OK、水野さん、窓をすべて爆破してください」

「合点だ」

水野の手で、横一面に広がる窓が次々と爆破されていく。

藤堂第一タワーの三十六階に大きな空洞が出来た。

涼子はぐったりとしている明田を、そばにあったバスタオルで包んだ。

「課長、まもなく消防隊員がやって来ます。お待ちを……」

明田を抱き起そうとしたときに、いきなり背中を蹴られた。息を詰めながら、振り向くと、そこに本田誠二郎が立っていた。

「牝刑事（めすデカ）だったとはな。どうりでいい筋肉をしていると思ったぜ」

本田は言うなり、拳を突き出してきた。見事に頬にめり込んできた。

「秋川っ」

岡田と水野が同時に声を上げ、警棒を取るのが見えた。

「おふたりは、予定通りの行動をっ。この男の始末は私が」

涼子は片膝を突いた状態から、思い切り身体を上方に跳ね上げた。頭突きだ。

本田の顔面を狙わず、股間に頭を叩き込んだ。

「くわっ」

闘いに正々堂々も卑怯もない。頭に来たときは頭からぶちかましてやる。本田は明らかに意表を突かれたという目をして、後退さった。睾丸の按配が悪いらしく、動きから鋭さが消えていた。

涼子はさらに飛び上がった。垂直飛びだった。五十センチほど宙に浮いた。そこで片肘を曲げる。

食らえ、エルボー。身体が落下した。

本田の脳天に肘を落とすつもりだった。ところが本田が顔を上げた。視線が涼子の肘に向けられている。

見切られているっ。

そう思ったが、本田は動かなかった。右手で股間の睾丸を押さえたまま、青ざめた表情をしている。股間への打撃はじっくりと効いているようだった。

本田は視線では落下する肘を捉えているが、回避する術（すべ）は持ち合わせていないようだ。

ぐちゃっ。

そのぶんだけ、この男は悲惨な結末を迎えることになった。

涼子は肘に本田の鼻梁が当たったのを感じた。肘の両側で目が大きく見開かれている。目を瞑らなかったのは、喧嘩の玄人の証（あかし）だ。

涼子の肘と一緒に本田の鼻が顔の内側に中にめり込んだ
本田の見開いた目から眼球が飛び出してくるのではないかと焦ったが、さすがにそれはなかった。

代わりに鼻から血飛沫が飛んだ。涼子は着地し、本田との間合いを取った。

本田は歯を食いしばったような顔で、仁王立ちしたままだった。

後方に倒れないように身体を必死に支えている。極道の意地を見せているようだ。引導を渡すしかない。

涼子は二歩下がって、タイミングを計った。片脚を上げて、足首を回す。

蹴り足の柔軟度の確認だ。絶好調のようだ。

本田がほんの少し後退した。

涼子は軸足でバンバンと床を踏み鳴らした。革靴がじつによくフィットしている。

本田はそれ以上、下がらなかった。左手で鼻を押さえながらも、右手を握り直している。股もやや開き気味にして、腰を下ろした。極道が仁義を切るときのような体勢だ。

涼子は床を蹴った。

本田がすぐに肩を回し、右半身だけを向けてくる。すべての動きがスローモーションに見えた。

涼子は間合い一メートルで、クルリと背を向けた。余裕だった。足を高々と上げ、そのまま身体を捻った。踵が本田の左頬を捉えた。完璧な打撃感を得る。

「うわぁあああ」

本田の顔が波を打って、右側へと飛んでいく。腰も浮いた。

「とどめっ」

涼子は靴の爪先で本田の脛を蹴った。ぼきっ、という音を聞いた。

本田の巨体が、ゆっくりと右側面から床に落ちていた。

涼子は本田が気を失う様子を見届け、視線を水野に戻した。


水野は開いた窓の脇に今は幾つもの発煙筒を並べていた。

大量の煙を窓外で放つ。

消防車、救急車がタワーの周囲に集まり、消防士たちが大勢降りてくるのが見えた。

火災現場に入る消防士は捜査令状がいらないのだ。

消防士たちが三十六階に上がってきた。

「明田真子警視を救出いたします」

隊長と思える精悍な男が、明田を抱きあげ、ストレッチャーに乗せている。

他の消防士たちは、岡田の指示で煙幕の中から美術品を運び出していた。

「怪我人ではなく、これを救急車に乗せるのですか」

副隊長が怪訝な顔をしている。

「詳しいことは自治省と話しておく。とりあえず、国宝の緊急避難だ」

隊員たちは言われるままに運び出していった。

藤堂が目を覚ました。

「何ということをしてくれたんだ……」

真っ裸のまま胡坐（あぐら）をかいて、運び出されていく美術品を虚（うつ）ろな視線で見送っていた。

「藤堂正樹、一緒に下に降りるぞ」

岡田が引っ立てた。

「沙織も俺も裸のまま降りろというのか……」

「当然です」

涼子がきっぱりと言った。逃亡防止に全裸にさせるのはヤクザから教わった手法だった。

花村と本田のことはそのまま放置した。逮捕をしない代わりに、救助もしない。

藤堂と沙織のふたりを連行して一階までに降りると、美菜がミニパトで待機していた。築地南署のミニパトだった。

「内緒で借りるには、これしかなくて……」

ミニパトにすし詰め状態で乗り込み、騒然となっている現場を後にした。

消防車も次々に引き上げていく。

——密通捜査完了。

明日の新聞には「藤堂第一タワーで小火(ぼや)」ぐらいの記事しか出ないことだろう。世間の目に隠れて、悪党の陰謀を阻止したことになる。

後は、政治家が調整する問題だと思う。

「ねぇ、容疑者を留置したら、とりあえず、大奉行に飲みにいかない」

涼子はステアリングを握る美菜に、そう声をかけた。

*

二週間後。

「めでたし、めでたしだな」

赤坂料亭「武蔵屋(むさしや)」。

民自党幹事長の石坂浩介が、都知事の中渕裕子の猪口(ちょこ)に燗酒を注いでいた。

「幹事長の思惑通りに運びましたでしょうか」

裕子は一口で飲み干した。

「これで七菱商事と五井物産の旧財閥グループで、すべてを主導できるようになった」

石坂は手酌でやっている。

「東京の総合レジャー施設は台場で決定の方向でよろしいですよね」

「もちろんだ」

「では、都議選で私の都新の会が勝ったら、どこか折を見て、都議会民自党と連立を組むという線でまとめましょう。豊洲移転の件はそれまで、ゆるゆると進めるということでいきたいと思います」

「それで構わない。民自党本部としても扱いに困っていた都議や、それに連なる都庁職員をこれで一掃できる」

石坂がネクタイを緩めた。

「ところで、都知事。藤堂はすでに釈放したそうだが、どう使う気だね？」

藤堂は七十二時間の勾留期限を過ぎたのち釈放している。明田真子が事実上の司法取引を勝ち得ていた。

「藤堂も花村も、今後は『与党黒幕』として活用させていただきます。すでに活動資金は枯渇しているので、ふたりとも動きようがありません。ですが、ロシア企業や中国マフィアの進出を阻止するためには、関東闘魂会と藤堂第一不動産はとても都合の良い存在です。悪の能力も外敵に向けさせれば、正義になります」

裕子はウインクして見せた。

「あんた、やっぱ次の次ぐらいで、総理をやれるかも知れんなぁ」

「それは……幹事長の匙加減ひとつでしょう」

と微笑しながら石坂に返し、続けて、

「そうそう、奥様、シャガールのファンでいらっしゃいましたね。お帰りの際に秘書さんのお車にのせておきますので。どうぞご自宅の応接間に……あら、もちろんレプリカでございますわよ」

中渕裕子は高らかに笑った。


（了）

長編小説
密通捜査 警視庁警備九課一係 秋川涼子
沢里裕二

2017年5月29日 初版第一刷発行

ブックデザイン…………………… 橋元浩明(sowhat.Inc.)

発行人……………………………………… 後藤明信
発行所…………………………………… 株式会社竹書房
〒102-0072 東京都千代田区飯田橋2－7－3
電話 03-3264-1576(代表)
03-3234-6301(編集)
http://www.takeshobo.co.jp
印刷・製本………………………… 凸版印刷株式会社

■本書の無断複写・複製・転載を禁じます。
■定価はカバーに表示してあります。
■落丁・乱丁の場合は当社までお問い合わせ下さい。
ISBN978-4-8019-1088-1 C0193
©Yuji Sawasato 2017 Printed in Japan